Was geschieht, wenn eine Buchfigur in einer Geschichte leben muss, die kaum noch gelesen wird? Muss sie an Leserschwindsucht sterben? Und was, wenn sie sich dessen bewußt ist? Warum hängt ein vielarmiger Staubsauger am Himmel? Und warum sind in diesem Text neben der Buchfigur Wakusch zwei weitere Wakusche aktiv? Und wieso soll eine Medea-Statue am Schwarzmeerstrand das Medea-Buch von Christa Wolf lesen? All diese Fragen beantwortet der Philosoph Giwi Margwelaschwili, der Erzähler der Erzähltheorie, in diesem kleinen, überaus heiteren und verspielten Roman – und erklärt zugleich, warum die Buchfiguren oft sehr wütend auf ihre Verfasser sind. Außerdem erweitert und erhellt er hiermit ein weiteres Mal den Kosmos seiner vielfach gelobten und autobiographisch gefärbten Wakusch-Geschichten.

Giwi Margwelaschwili wurde am 1927 als Sohn georgischer Emigranten in Berlin geboren. 1946 wurde er mit seinem Vater vom sowjetischen Geheimdienst NKWD entführt. Der Vater wurde ermordet, Giwi Margwelaschwili in Sachsenhausen interniert, anschließend nach Georgien verschleppt. Erst 1987 konnte er nach Deutschland ausreisen. Er wohnte bis 2011 in Berlin, seither in Tiflis. Zahllose Publikationen.

1995 erhielt er den »Brandenburgischen Literatur-Ehrenpreis« für sein Gesamtwerk, 2006 die Goethe-Medaille, 2008 das Bundesverdienstkreuz, 2013 für sein Gesamtwerk den Italo-Svevo-Preis. Seit 2007 erscheinen seine Werke im Verbrecher Verlag.

Siehe auch: www.giwi-margwelaschwili.de

Giwi Margwelschwili

Die Medea von Kolchis in Kolchos

Roman

VERBRECHER VERLAG

The book is published with the support of the Georgian National Book Center and The Ministry of Culture and Monument Protection of Georgia.

Erste Auflage
Verbrecher Verlag Berlin 2017
www.verbrecherei.de

© Verbrecher Verlag 2017
Gestaltung: Christian Walter
Satz: Stefan Pabst
Lektorat: Caroline Trauter
Druck: CPI Clausen & Bosse, Leck

ISBN: 978-3-95732-231-9

Printed in Germany

Der Verlag dankt Marianne Heinze.

Bronzefarben erhebt sie sich aus den blauen Wellen der Pizundaer Bucht. Eine riesenhafte Skulptur (fast ein dreistöckiges Häuschen hoch), die, ein Stück über die Strandlinie hinausgeschoben, sozusagen als sagenhafte Küstenwache von Kolchis (das heutige Pizunda liegt ja in der maritimen Landschaft dieses antiken Namens) vor den immer tiefer werdenden Wogen des Schwarzen Meeres emporragt.

Mir war das gigantische Kunstwerk des georgischen Bildhauers Merab Berdzenischwili zuerst völlig entgangen. Nicht daß ich es nicht bemerkt hätte. Die Medea ist eine Riesin und so ist es gar nicht möglich, sie zu übersehen. Aber mein künstlicher Brückenleserkopf war hier zunächst mit ganz anderen Sachen beschäftigt, zum Beispiel mit dem ideologischen Staubsaugerdienst des Polypen Polymat. »Was ist das denn?«, muß jeder reale Leser staunend denken, der zum ersten Mal in eine Wakuschgeschichte hineinsieht. »Polyp Polymat und ideologischer Staubsaugerdienst? Was soll das bedeuten?« Und dann würde er entweder die Lektüre empört abbrechen oder neugierig weiterlesen. Im ersten Fall hätte sich der Leser als ein realistisch gestimmter erwiesen, der nicht bereit ist, symbolisch geprägte Lesestoffe zu akzeptieren. Im zweiten hätte es ihn wahrscheinlich interessiert, zu erfahren, was sich hinter dem Ausdruck »symbolischer Staubsaugerdienst des Polypen Polymat« versteckt. Die beiden Fälle brauchen wir uns hier gar nicht weiter auszumalen, denn daß sich ein realer Leser jemals bis hierher verirrte, ist kaum anzunehmen. Der Lesestoff ist auch viel zu alt, einer aus dem vorigen

Jahrhundert, der von Dingen erzählt, welche heute, wo die Welt vor Selbstmordattentätern zittert, wo atomare Raketen, die gegen alle aufgestellt werden können, den Medien immer neuen Anlaß geben, das mundane Katastrophenbewußtsein anzuheizen, längst niemanden mehr interessieren, keine Lesermenschenseele mehr anziehen, außer einer einzigen: und die bin ich. Als künstlicher Leser des realen Autors Wakusch, also als ein für den Leserdienst an seinen Stoffen extra ausgedachter, geistere ich durch die Geschichten dieses Verfassers, bemüht, sie nur irgendwie am Leben zu erhalten, am Lese-Leben also, denn in Geschichten und Gedichten leben alle Wesen nur, wenn sie gelesen werden, nur als Lese-Lebewesen. Der Polyp Polymat nun ist eine Maschine, eine Art Flugzeug und was ihn mir ein bißchen ähnlich macht, ist, daß er auch von dem realen Autor Wakusch ausgedacht wurde genauso wie ich. Und genauso wie ich von ihm nach einem realen Vorbild, nämlich nach der allgemeinen Vorstellung eines realen Lesers geformt bin, so wurde der Polyp Polymat von Wakusch auch nach einer realen Vorlage lesekörperstofflich erschaffen, nämlich nach einem Apparat, der dazu dient, Pasten, Flüßigkeiten und jede Art von breiiger Masse in Tuben abzufüllen, aber auch umgekehrt funktioniert: jeden zähflüssigen Inhalt aus seinem Behälter wieder abzusaugen. Das erfolgt über elektrisch betriebene Schläuche mit Saug- und Füllköpfen, die, der Tubenöffnung eingesetzt, das Auf- oder Abfüllen verrichten. Der Name dieses, aus der modernen Nahrungsmittelindustrie heute nicht mehr wegdenkbaren, Apparates ist »Polymat«. Diesem Apparat hat der reale Autor Wakusch in einer seiner Wakuschgeschichten eine leicht umfunktionierte lesekörperstoffliche Gestalt gegeben. Als lesestofflicher vermag sich der Apparat in die Lüfte

zu erheben, ist also ein gedankenkybernetisch steuerbares Flugzeug, das fähig ist, in der Buchwelt in jeglicher Höhe überallhin
zu fliegen. Seine Schlaucharme mit Auf- und Abfüllköpfen an den
Enden kann dieser Mechanismus blitzschnell beliebig weit ausstrekken und wieder einziehen. Darum wird er bei Wakusch auch als
Polyp bezeichnet. Im Unterschied zu dem realweltlichen Polymat
hat der buchweltliche es nicht mit Nahrungs-, sondern Ideenstof-
fen, vor allem weltanschaulichen, zu tun. So wird sie zum Beispiel
in den Wakuschgeschichten von ihrem Autor Wakusch im Luftraum der sowjetischen Riviera (grob gesagt, die ganze buchweltlich-
kaukasische Schwarzmeerküste) systematisch hin- und herdirigiert,
um diesen Raum von seinen weltanschaulich-lügnerischen Aus-
dünstungen zu reinigen, um den Staub – unter dem sich hier der
Marxismus-Leninismus versteht – dort ab- und aufzusaugen, damit
es sich in der herrlichen Luft auch geistig besser (freier) atmen läßt.
Seinen Polypen Polymat nennt der Autor Wakusch auch »einen
fliegenden Staubsauger« und den ideenstofflichen Staub, den er
aus den Köpfen wegputzt, auch »den Goglimogli« des 20. Jahrhunderts. Dabei handelt es sich um ein georgisches Wort, das eine
aus Eigelb und Zucker bestehende Babyspeise bezeichnet und in
den Wakuschgeschichten als Symbolwort für das schlimme politische Rührei(n) steht, das es im europäischen Osten ab 1917 gegeben
hat. Die russische Form desselben Wortes klingt wie »Gogelmogel«
und führt das Trügerische an diesem politökonomischen Rührei
eigentlich noch besser vor Augen, denn dieses Rührei hat ja ge-
mogelt wie selten ein anderes in der Weltgeschichte. Es gibt eine
Wakuscherzählung, die ganz dem Polypen Polymat gewidmet ist.
Ja, dort ist der Polyp bestimmt an seinem Platz, da gehört er hin

und kann – weil das weltanschauliche Großreinemachen, mit dem er da beschäftigt ist, sehr eingehend beschrieben wird – durchaus recht eindrucksvoll auf den realen Leser wirken. Aber in anderen Wakuschgeschichten finde ich den Polypen überflüssig. Zum Beispiel in dieser hier, die doch von der Medea von Kolchis handeln soll, genauer von der besagten Bronzefigur am Badestrand von Pizunda, können wir ihn ohne weiteres entbehren. Und so habe ich unseren realen Autor Wakusch (ich sage »unseren«, weil ja Wakusch uns beide, also den Polypen Polymat und mich, seinen künstlichen Leser, schreibend erschaffen hat, weil er also unser Autor ist) schon mehrmals in dieser Angelegenheit angesprochen, habe ihm dargelegt, wie unnötig der Polyp Polymat bei der Medea sei und mit dem eindringlichen Rat verknüpft, den Apparat aus ihrer Geschichte abzuziehen. Das mag verwundern, aber Wakusch nimmt auch gern mal Ratschläge von mir entgegen, besonders wenn sie geeignet sind, seine Geschichten lese-lebensmäßig zu verbessern, sie den realen Lesern interessanter zu machen. Dabei mangelt es mir nicht an Gelegenheiten, denn neben der Sinnhaftigkeit, den seine Texte zweifellos besitzen, ist es leider eine Gewohnheit des Autors, auch viel Unsinn abzuliefern, Dinge, die ein realer Leser nicht oder nur sehr schwer verkraften kann und die ihn dazu veranlassen können, das Lesen bei uns einzustellen und die Wakuschgeschichten auf Nimmerwiedersehen zu verlassen.

»Was schickst du den Polypen immerzu in Texte, wo er thematisch gar nichts zu suchen hat?«, habe ich den realen Wakusch mehr als einmal frustriert gefragt. »Hast du vergessen, daß er eine irr- oder surrealistische Maschine ist, mit der man in der heutigen Textwelt, weil der Lesergeschmack ein weitgehend realistischer ist, die Leser nur noch aktuell und faktuell Verständliches sehen und erleben wollen, nur sehr sparsam umgehen darf? Oder legst du überhaupt keinen Wert mehr auf reale Leser und begnügst dich nur noch mit mir, deinem künstlichen Leser, bei dem du sicher sein kannst, daß er alles von dir schluckt, alles hinnimmt, selbst den Polypen Polymat in jeder Wakuschgeschichte? Wenn du das denkst, so irrst du dich, mein Lieber. Alles mach ich mit dir nicht mit! Den Polypen Polymat auf jeden Fall nicht! Denn er ist – habe ich dir das nicht schon tausendmal gesagt? – der reale Leserschreck. Auch das habe ich dir schon mehrmals gemeldet, ohne bei dir Gehör zu finden. Wenn der Polyp auftaucht, verläßt jeder realistisch denkende Leser – und das sind in unserem Zeitalter die meisten – fluchtartig deinen Text. Wenn heute ein großer Teil der Wakuschgeschichten schon seit langem leserlos daliegt und bloß noch vom Gelesenwerden durch mich, deinem künstlichen Leser, lebt, so ist daran auch, vielleicht sogar vor allem, der Polyp Polymat schuld. Zwar habe ich immer, wenn der Apparat sich plötzlich am Himmel deiner Texte zeigte, dagegen gehalten, habe versucht ihn mit meiner Leserphantasie abzuwehren, aus der Geschichte hinauszudrängen. Aber meine Einbildungskraft ist nur die eines künstlichen Lesers, also eine Kraft, welche gegen widerspenstige lesestoffliche Störfaktoren auf Dauer nichts auszurichten vermag. So ist denn der Polyp von meinen Anweisungen, die Wesen und Dinge in deinen neueren und neuesten Wakuschgeschichten in Ruhe zu lassen, völlig unbeeindruckt geblieben und das bedauerliche Resultat dieser Entwicklung ist, daß sich dort teilweise schon über beunruhigend große Zeitspannen keine realen Leser mehr eingefunden haben. Wenn das so weitergeht, lieber Wakusch, bin ich überfordert, denn als einziger Leser, noch dazu als künstlicher, wird es mir unmöglich, so viel Text am Lese-Leben zu erhalten, die einzige Lese-Lebensquelle so vieler vereinsamter, in die totale Leserlosigkeit abgestürzter, Wakuschgeschichten zu sein.«

Zu solchen Ausbrüchen lächelt der reale Wakusch stets ganz unbekümmert, denn er erachtet meine Beschwerden über den Polypen Polymat als völlig grundlos, nein, er ist da gar nicht meiner Meinung und auch nur selten aufgelegt, die Sache mit mir genauer zu besprechen.

»Wir müssen einfach mehr Geduld haben!«, sagte er eines Tages, als er entgegen seiner Gewohnheit in diesem Punkt mir gegenüber gesprächiger wurde. »Ja, du magst recht haben. Noch finden die Leser nichts besonderes an dem Polypen, noch verdrießt es sie, wenn er in meinen Geschichten plötzlich vom Himmel fällt und in ihrer Semantik hin- und herfliegt. Aber ich sage dir: Das wird sich ändern! Wenn die Leser erst merken, was für eine gute Arbeit der Polyp Polymat in den Lufträumen meiner Erzählungen verrichtet, werden sie zu einer viel besseren Ansicht über ihn gelangen. Sie werden ihn für die freie, deideologisierte Atmosphäre, die er immer wieder schafft, loben und sich wünschen, daß er immer in ihrem Blickfeld bleibt, solange sie sich lesend bei uns aufhalten.«

»Aber guter Wakusch!«, rief ich zu diesen Worten meines realen Schöpfers höchst verwundert, doch auch ungehalten, aus. »Glaubst du denn wirklich, daß die Leser von dem atmosphärischen Wechsel, der von dem Polypen in deinen Geschichten ausgeht, lese-lebensmäßig etwas mitbekommen? Daß sie ihn überhaupt erschnuppern können? Dann wiegst du dich in Illusionen. Die Leser – jedenfalls die meisten von ihnen – lesen bei dir nur von diesem Wechsel und erleben ihn nicht selber, mit eigener Nase und Intuition erfahren sie nichts davon. Und so kann es ihnen im Grunde auch vollkommen egal sein, ob der Polyp in deinen Wakuschgeschichten umherfliegt oder nicht. Aber er ist ihnen leider nicht egal, hörst du? Sie finden die Maschine abscheulich und wie sie mit ihren Dutzend aufgerichteten Rüsseln, an deren Ende die Saugköpfe blinken, dahersegelt, ist sie auch erschreckend genug. Zudem empfinden die Leser den Polymat auch als unrealistisches, sinnloses und übertriebenes Symbol, mit dem sie sich, eben wegen seiner Hyperbolie, nicht weiter anfreunden wollen. Höre darum endlich auf meinen Rat! Ziehe den Polypen aus deinen Geschichten ab und lasse ihn nur in der einen, die seinen Namen trägt! Nur da können die Leser ihn noch halbwegs ertragen. In allen anderen deiner Erzählungen ist er überflüssig und verscheucht dir bloß die Leser.«

»Ach du!«, winkte Wakusch hier kopfschüttelnd ab. »Was verstehst du schon von dem Polypen Polymat? Ich sage dir: Er ist die große Nummer in allen meinen Geschichten und es wird auch nicht mehr lange dauern, bis die Leser das merken. Dann geht das Lese-Leben in diesen Texten erst richtig los, dann werden sie überlaufen sein von immer neuen und nicht mehr abreißenden Leserbesuchen und du bist dort dann überflüssig. Jawohl, so wird das sein. Weißt du, was ich glaube? Du hast die Vermutung, daß, wenn der Polyp sich einmal bei den realen Lesern durchsetzt, du in meinen Geschichten nicht mehr notwendig bist. Deswegen willst du ihn loswerden. Gib es zu! Natürlich schüttelst du jetzt heftig den Kopf, rollst empört die Augen und streitest das ab. Aber du machst mir nichts vor. Gerade so verhält es sich und nicht anders. Dazu lass dir sagen: Deine Befürchtungen sind vollkommen grundlos. Ich bin nicht so naiv zu glauben, daß meine Geschichten ohne dich jemals auskommen könnten. Auch der Polyp wird seine Anziehungskraft auf reale Leser irgendwann einmal wieder verlieren. Dann werde ich wieder auf dich zurückgreifen müssen, auf deine künstliche Lese-Lebensunterstützung. Hieraus folgt für dich in aller Evidenz nur eines: Für meine Geschichten bist und bleibst du unabdingbar, ihre – wenn niemand anders mehr zum Lesen für sie da ist – allerletzte Lese-Lebensquelle. So! Bist du jetzt zufrieden? Nein? Na, hör mal! Du hast von mir eben das denkbar Beste für dich gehört und bist noch immer nicht zufrieden? Was willst du noch von mir, vielleicht eine Lese-Liebeserklärung? Schlag dir das aus dem Kopf! Wir haben ein Arbeits- und kein Gefühlsverhältnis miteinander. Und das, lieber Freund, kann – wenn es mit dir so weitergeht – auch bald ein jähes Ende nehmen. Ich finde nämlich, daß du in letzter Zeit viel zu viel in meine Texte hineinredest und viel zu wenig liest. Bringe das, bitte, wieder in Ordnung! Und jetzt entschuldige mich! Ich habe zu schreiben.«

Das waren damals – das einzige Mal übrigens, daß wir über den Polypen Polymat so lange und eingehend gesprochen haben – die Worte meines realen Schöpfer-Autors Wakusch. Harte Worte, denn sie besiegelten genau das Gegenteil von dem, was ich mir gewünscht hätte, nämlich das praktisch unbeschränkte Herumgeistern des ideologischen Staubsaugers in allen Wakuschgeschichten. Kann man so blind sein wie der alte Wakusch für das, was in der Buchwelt heute lese-lebensmäßig noch geht und was nicht? Kann man sich der Tatsache, daß die realen Leser heute grundsätzlich nur noch eine realistisch aufgezogene Buchwelt akzeptieren und das Phantasmagorisch-Visionäre darin ablehnen, so hartnäckig verschließen, wie er es tut?

»Ach, was redest du da!«, fällt er mir immer ins Wort, wenn ich davon anfange. »Sieh dir ›Harry Potter‹ an! Ist das vielleicht kein Märchenbuch heutiger Zeit und etwa kein Leseriesenerfolg? Und folgt daraus nicht auch ganz unabweisbar der Schluß, daß es in der realen Leserwelt gerade heute ein enormes Begeisterungspotential für das Ir- oder Surrealistische in der Buchwelt gibt? Daß wir nur Geduld haben müssen, bis alles, was wir in diesem Genre auch auf Lager haben, Gefallen bei den Lesern findet? Ich glaube, man kann als Autor heute gar nicht genug Hoffnung in bibliobiologische Phantastik investieren. Das wird, ja das muß, sich schon in nicht all zu langer Zeit bezahlt machen.«

Vergeblich halte ich ihm dann vor, daß »Harry Potter« ein Märchen-, sprich Kinderbuch sei, sich also an ein Millionenvölkchen richtet, das zu allem Phantastischen ein ganz natürliches Verhältnis hat und – wenn es gut geschrieben ist – sich auch immer hell begeistert davon zeigt, während die Wakuschgeschichten ihre Leserschaft bei Erwachsenen suchen müssen, bei realen Lesern also, die heute jeden Geschmack an symbolischen Hypostasen verloren haben und sich aus übermäßigen Phantasiesprüngen gar nichts mehr machen. Vergeblich versuche ich den realen Wakusch davon zu überzeugen, daß er mit solchen Kinkerlitzchen wie dem Polypen Polymat seine Geschichten nur der absoluten Leserlosigkeit überantwortet, was gleichzeitig bedeutet, daß ich dort einspringen muß, damit das Lese-Leben in dem Stoff wenigstens nicht ganz erlischt. Aber – und ich versäume natürlich nicht, ihm das bei allen solchen Gelegenheiten besonders deutlich zu machen – es bedeutet auch, daß ich von der Aufgabe, bei ihm den künstlichen Lese-Lebensretter zu spielen, langsam überfordert bin, daß sich meine ohnehin nur sehr schwachen und begrenzten Lesekräfte langsam erschöpfen und einmal der Moment kommen muß, an dem selbst auch die provisorische Lese-Belebung seiner Wakuschgeschichten nicht mehr klappen kann.

»Dann wirst du nicht einmal mehr einen künstlichen Leser haben«, warne ich den realen Wakusch immer. »Deine leserschwindsüchtigen Geschichten werden sich rasch in völlig leserlose verwandeln und der unvermeidliche Lesetod wird in allen deinen lesestofflichen Erzeugnissen Einzug halten. Willst du das riskieren?«

»Ja, mein Freund!«, erwidert er mir dann immer auf diese Frage. »Ganz bedenkenlos. Denn das Risiko ist gar nicht so hoch, wie du es dir vorstellst. Es ist im Gegenteil sehr gering. Hoch, sehr hoch sogar, ist aber der Gewinn, der für uns dabei herausspringen kann, nämlich der plötzliche massenhafte Besuch von realen Lesern in meinen Geschichten. Und daß du, mein künstlicher Leser, dann dadurch arbeitslos und überflüssig würdest, brauchst du auch nicht zu befürchten. Denn ein oder zwei Geschichten werden sich immer finden, in die ich dich als Buchperson unterbringe und du regel-, ja vielleicht sogar übermäßig gelesen werdend völlig sorglos leben kannst wie dann auch alle anderen Buchpersonen in meinen Büchern.«

»Wenn du mich, deinen künstlichen Leser, nur in einer von deinen Geschichten und dort auch bloß ganz kurz als Buchperson den Lesern vorführst, wirst du damit dein eigenes Lesetodesurteil unterschrieben haben«, habe ich dem realen Wakusch darauf erwidert. »Denn dann wäre ich ja so was Ähnliches wie der Polyp Polymat, ja noch viel unrealistisch-unsinniger und deinen Lesestoff verkomplizierender als er, denn wenn schon ein realer Leser in der Buchwelt nichts lesekörperstofflich Anschauliches ist, trifft das auf einen künstlichen in doppeltem Sinne zu. Wie sollen sich realistisch denkende reale Lesepersonen – frage ich dich – mich jemals als Buchperson vorstellen können und auch je vorstellen wollen? Einen Leser, der auch und gerade noch als künstlicher in keiner lesekörperstofflichen Konfiguration unterzubringen ist, von einem realistisch zu denken gewohnten Realgeist jedenfalls nicht. Müssen solche Geister, wenn sie mich dann in deinen Geschichten auftauchen sehen, nicht baß erstaunt sein, ihren realen Leserkopf schütteln und sich fragen, was so ein wunderliches Lese-Lebewesen überhaupt bedeuten soll? Müssen sie dann nicht alle ausnahmslos glauben, daß es sich um ein pathologisch-dekadentes Hirngespinst handelt, mit dem als normaler Leser etwas zu tun zu haben, sich einfach nicht lohnt? Und müssen sie deine Geschichten dann auch nicht alle fluchtartig verlassen und sie danach meiden?«

»Du hast viel zu wenig künstlich-künstlerisches Leserselbstvertrauen«, erwiderte mir einmal der reale Wakusch zu diesen oder ähnlichen Vorhaltungen. »Davon, daß ich in dieser Angelegenheit recht habe, wirst du dich wohl nur überzeugen lassen, wenn du mit deinen eigenen Leseraugen siehst, was für einen großen Erfolg der Polyp Polymat und auch du selber, in buchpersonifizierter Form, bei meinen realen Lesern haben werdet. Also, mehr Geduld bis dahin! Mehr kann ich dir dazu nicht sagen.«

Was soll man nur dazu sagen? Ich weiß es nicht. Nur eines steht fest: Der alte reale Wakusch ist unbelehrbar. Und auf eine Buchpersonifizierung, die er mir noch in irgendeiner seiner Geschichten – vielleicht auch in mehreren, wenn nicht sogar in allen – verpaßt, habe ich mich bei ihm ebenfalls gefaßt zu machen. Mit dieser

Idee trägt er sich ja schon länger und weil er so steif und fest glaubt, daß es eine gute Idee ist, wird er sie eines Tages auch bestimmt verwirklichen. Dann erscheine ich, von ihm buchpersonifiziert, neben dem Polypen Polymat und möglicherweise auch neben der Medea von Kolchis in Kolchos. Allein die Vorstellung macht mich fuchsteufelswild und gleichzeitig überkommt mich ein Grauen: Ich fange an zu zittern, meine künstlichen Leserzähne klappern und der kalte Angstschweiß bricht mir aus. Als Buchperson in Wakuschs Textwelt zu stehen, ist nämlich kein Zuckerschlecken. Man wird ja von niemandem gelesen, außer vielleicht hin und wieder mal von dem realen Wakusch selber, wenn er sich in seine eigenen Texte vertieft. Das geschieht aber, weil er mehr schreibt als liest, ziemlich selten, sodaß man als seine Buchperson hauptsächlich sich selbst überlassen bleibt. Ohne mich hätten Wakuschs Buchpersonen ein quasi leserloses Dasein zu führen, und daß ein solches bei grundsätzlich leserabhängigen Lese-Lebewesen nicht besonders angenehm ist, wird man sich vorstellen können. Nun mache ich für seine Buchpersonen sicher nicht viel, aber ein bißchen munterer werden diese Personen schon, wenn ich bei ihnen vorbeischaue (was aber auch nur in großen Zeitabständen geschieht, denn erstens hat Wakusch sehr viel geschrieben und zweitens ist die Über-lese-Lebenskraft seiner Buchpersonen individuell sehr verschieden. Es gibt solche, die jeden zweiten Augenblick eine Lese-Lebensener-giespritze benötigen, da sie sonst schnell im Sterben liegen; daß ich mich bei solchen häufiger und länger aufhalten muß, wird jeder verstehen).

Nehmen wir jetzt einmal an – Gott behüte! – der reale Wakusch hat mich in einer seiner Geschichten, sagen wir sogar in dieser hier über die Medea von Kolchis in Kolchos, seine Buchperson werden lassen, was würde das dann nicht nur für mich (von mir rede ich in diesem Kontext an letzter Stelle), sondern für alle Buchpersonen seiner Geschichten, wie auch für diese Geschichten selber, bedeuten? Nur das Abträglichste, also Verheerendste. Denn dadurch würden meine ohnehin schon unzureichenden Kräfte als künstlicher Leser der Wakuschtexte auf das Fatalste beeinträchtigt, mindestens um die Hälfte verringert werden. Ich wäre dann kaum noch, ja vielleicht überhaupt nicht mehr, imstande, Wakuschs Buchpersonen richtig lesend zu beleben und damit wäre auch die allerletzte Energiequelle, welche die Wakuschgeschichten noch nährt, praktisch versiegt.

Das war der Grund, warum ich in dem Textweltgebiet, das der Medea von Kolchis in Kolchos gewidmet ist, meine ganzen künstlichen Leserkräfte darauf verwandte, den Polypen Polymat, der auch in diesem Gebiet umherschwirrt und uns die wenigen realen Leser verscheucht, von allem auf Abstand zu halten. Weil der Polyp durch die Gedankenkraft unseres Autors voranbewegt wird, also niemand anders als der reale Wakusch in dem Apparat telepathisch am Steuer sitzt, nehme ich – wo immer ich das Vehikel sehe – die Gelegenheit wahr, ihm meine Gedanken einzutrichtern, sie ihm sozusagen in seine Saugarme hineinzustopfen und auf diese Weise an den realen Wakusch weiterzuleiten. Der Polyp ist also auch eine Art transzendentales Telephon zwischen unserem realen Autor und mir: Er leitet alle meine Reflexionen, wenn ich sie ihm zudenke, sofort voll umfänglich und verständlich an Wakusch weiter. Diese Art der Kommunikation mit dem realen Wakusch über den Polypen Polymat ist eine relativ neue Entwicklung in unseren

17

Lese-Lebensverhältnissen. Er selbst hat mir in einem Gespräch, das wir in einer seiner Wakuschgeschichten führten, diese Möglichkeit enthüllt und mich sogar aufgefordert, unbegrenzt davon Gebrauch zu machen. Das war das eine unikale Mal, als sowohl der reale als auch der irreale Wakusch zugleich in einer Geschichte zugegen waren, als sie mir in der sonnigen lesestofflichen Küstenlandschaft des Schwarzen Meeres zusammen begegnet sind. Halt! Nicht zusammen natürlich, sondern nacheinander.

Zuerst war es der irreale, lesekörperstoffliche und auch um so viel jüngere, Wakusch, den ich dort sah und den ich – wie ich mich erinnere – auch ein bißchen lese-lebensenergetisch aufpulvern mußte, denn die reale Leserlosigkeit in seiner Geschichte hatte dem Armen schon so zugesetzt, daß er nur noch schwankend umherging und nach jedem zweiten Schritt schnaufend stehenblieb, um seine schwachen Lese-Lebensgeister wiederzuerwecken. Meistens lag er stundenlang nur am Strand oder auf seinem Hotelzimmer, völlig apathisch, außerstande dem Freund, der mit ihm da war (ich glaube, es war Reso), seinen Zustand genauer zu erklären. Weil er sonst normal aussah, keine Blässe, kein Fieber, nicht die geringsten Schmerzen hatte, hielten alle, er mit eingeschlossen, sein Befinden für die Folge einer Übermüdung, für etwas, das nur Zeit brauchte, um wieder in Ordnung zu kommen. Wakusch hatte Bücher mit, in die er sich versenkte (viel Thomas Mann, Heinrich Böll, Günter Grass, aber auch Franzosen, wie Robbe-Grillet und Butor waren dabei). Mit dem Schreiben hatte er aufgehört, weil ihn dann sofort Schwindelanfälle quälten und sein allgemeiner Zustand ganz offenkundig mieser wurde.

»Dir fehlt ein Mädchen«, sagte der Freund (von dem ich glaube, daß es wirklich Reso gewesen sein muß. Ich werde ihn deshalb von jetzt an immer so nennen).»Ich besorge dir eins und dann wirst du wieder munter werden.«

Aber Wakusch schüttelte nur energisch den Kopf. Nein, er wollte kein Mädchen. Weil für ihn offenbar selbst das Reden zu anstrengend war, sagte er nichts zu Resos Vorschlag und beließ es bei der ablehnenden Geste.

»Was hat er bloß?«, fragte sich der Freund ratlos, als er aus dem Hotelzimmer ging, in dem die beiden sich eingemietet hatten. »Keinerlei Beschwerden. Nur Körperschwäche. Was ist das?«

Nun, ich wußte, was mit Wakusch los war. Ihn, den lesekörperstofflichen, plagte die Leserschwindsucht. Weil kein realer Leser seine Geschichte las, lag er kraftlos darnieder. Nur weil lesende Realpersonen schon lange nicht mehr in ihr erschienen waren, um an seinem Lese-Leben an der sowjetischen Riviera teilzunehmen, war er praktisch an sein Hotelbett gefesselt. Man könnte sich wundern und fragen, warum Reso dann so munter dort umherging, das Baden im Schwarzen Meer ausgiebig genoß und so ungezwungen mit den Damen, oder Pipas, (wie die beiden Wakusche in ihren Schriften auch sagen) am Strand schäkerte. Ja, warum der ganze Badebetrieb in dieser Geschichte, überhaupt das Leben dort, so ungestört weiter funktionierte, während Wakusch, leserschwindsüchtig wie er war, das Bett hüten mußte, sein Essen meistens im Zimmer einnahm und die horizontale Lage allen anderen Körperzuständen vorzog. Waren denn alle Leute um ihn herum nicht ebenso Buchpersonen wie er, die Landschaft in ihrer Gegenständlichkeit und die Promenade am Meer, wo zu jeder Tageszeit Ströme von Touristen und Hotelgästen entlangdefilierten, nicht auch aus demselben Lesestoff wie er? Ja, natürlich. Aber der lesekörperstoffliche Wakusch war die Hauptperson in dieser Geschichte, alle anderen nur ihre Nebenpersonen; alles andere – nur ihre Nebensachen. Und die Leserschwindsucht greift vor allem und zuerst die Hauptperson(en) der Lesestoffe an, diese ist (sind) immer ihr erstes Opfer. Darum ging es allein dem Wakusch so übel, alle anderen spürten nichts – noch nichts. Darum war auch alles andere in dieser Geschichte (das ganze maritime Panorama ihres Vordergrundes und die weite Gebirgslandschaft in ihren Hintergründen) dort immer noch wie gehabt, nämlich voller Leben und berückend schön. Noch. Denn wenn das Übel weiter andauerte, mussten auch alle Nebenpersonen und Nebensachen der Geschichte davon befallen werden, alle Lese-Lebewesen an zunehmender Schwäche und Kraftlosigkeit, alles lesestofflich Anorganische an Substanz- und Konsistenzverlust restlos zugrundegehen. In der Buchwelt macht die Leserschwindsucht und der Untergang alles Lesekörperstofflichen, den sie im Gefolge hat, keine Ausnahmen. Nun hatte mich der pure Zufall – Gott sei Dank! – gerade noch rechtzeitig in die Geschichte verschlagen, in der der lesestoffliche Wakusch schon so leserschwindsüchtig das Bett hütete und sein Essen von Reso herangetragen bekam, weil er zu schwach war, in den Speisesaal des Hotels zu gehen.

Für mich bedurfte es keiner langen Überlegung, um zu erkennen, was mit Wakusch und seiner ganzen Geschichte da eigentlich los war, daß es dort schon lange keine reale Lesermenschenseele mehr gab und praktisch der Tod durch die Leserschwindsucht vor der Tür stand. In solchen schweren Fällen weiß ich immer sofort was zu tun ist. Ich habe mich dann in nächster Nähe meines kranken buchpersönlichen Patienten aufzuhalten und ihm möglichst viel von meiner Leseenergie einzugeben. In den Wakuschgeschichten kann ich mich unsichtbar machen und den Buchpersonen dort – wenn sie es benötigen – wie ein guter Geist Beistand geben. So verfuhr ich auch hier, d. h. ich hielt mich meistens bei Wakusch im Hotelzimmer auf, war, obwohl für ihn weder zu sehen noch zu spüren, immer präsent und darauf bedacht, ihn lese-lebensenergetisch wieder aufzurichten. Meine Leseenergie ist allerdings an Effektivität mit der einer lesenden Realperson nicht zu vergleichen. Und so hat das, wofür in der Textwelt mit einem realen Leser nur wenige Sekunden nötig sind, nämlich die Wiederbeleselung des leserschwindsüchtigen Wakusch, mit mir mehrere Tage gedauert. Und selbst dann durfte ich ihn – weil er noch immer etwas wackelig auf den Beinen war – nicht allzu lange alleine lassen.

Ich erinnere mich an unsere gemeinsamen – er dachte, es wären einsame – Spaziergänge durch die Geschichte, die übrigens höchstwahrscheinlich auch schon die über die Medea von Kolchis in Kolchos war, denn wir beide kamen mehrere Male an der riesigen Skulptur vorbei. Die Dame stand, weil sie ja auf das Schwarze Meer hinaus- und wahrscheinlich dem wegsegelnden Jason hinterherschaut, wir aber auf der breiten Promenade spazierten, die zwischen den Hotels und dem Badestrand entlangeführt, mit dem Rükken zu uns und Wakusch verweilte dann auch jedesmal etwas, um die große mythisch-mystische Gestalt kurz und eindringlich zu betrachten. Das waren die Momente, in denen mir schon klar wurde, daß die legendäre Medea Wakusch nicht gleichgültig war, daß sie ihn lesestofflich interessierte, daß er möglicherweise darüber nachdachte, über sie zu schreiben oder gar schon über sie schrieb, ja, daß es vielleicht schon seine Geschichte über die Medea war, in der wir uns dort voran bewegten, war nicht auszuschließen. Aber diese Gedanken kamen mir zuerst noch gar nicht. Ich glaubte, das Interesse Wakuschs an der Medea des Bildhauers Merab Berdzenischwili sei allein dadurch motiviert, daß er den Künstler selber persönlich kennt und schätzt (über die Freundschaft Wakuschs mit den Brüdern Berdzenischwili, Merab und Elgudsha, einem bekannten georgischen Kunstmaler, hatte ich bereits aus anderen Wakuschgeschichten erfahren). Doch ich begann daran zu zweifeln, daß dies der einzige Grund für sein Interesse sei, da Wakusch jedes Mal, wenn uns die Medea in Sicht kam, zu ihr abschwenkte, ganz nah an die Skulptur heranging (so weit das überhaupt möglich war, denn die Figur steht ja etwas vom Ufer entfernt, mitten in den heranrollenden Wellen) und eine kleine Zeit lang bei ihr stehen blieb. Dann pflegte er die bronzene Dame aufmerksam erst von einer Seite her zu betrachten, dann von der anderen und ließ seinen Blick auch lange auf den Kindern ruhen, die sich an das bauschige, wahrscheinlich vom Wind geschwellte, Gewand der Mutter klammern. Sein Verhalten konnte nur bedeuten, daß Wakusch ein konkreteres und lebhaftes Interesse an der Medea-Figur entwickelt hatte, daß sie ihm ganz sicherlich zu denken gab, wenn er sie gewahrte und vielleicht auch darüber hinaus seinen individuellen Brückenkopf beschäftigte. Dieses lebhafte Interesse seitens Wakusch an der Medea freute mich natürlich sehr. Zeigte es mir doch, daß meine Lese-Lebensrettungsaktion bei ihm gut anschlug, daß ihm die Lese-Lebensgeister wiedergekehrt waren, denn anders hätte er niemals vermocht, so viel Aufmerksamkeit für die Medea aufzubringen. Während er seine Betrachtungen anstellte, wartete ich meistens auf der Promenade auf ihn, weil das ja auch immer eine gute Gelegenheit war, den jetzt schon ganz offensichtlich genesenen lesestofflichen Wakusch im selbständigen Sich-Bewegen und Nachdenken zu trainieren, ihn wieder daran zu gewöhnen, als gesunder und das heißt ja vor allem auch aktiver, seinen eigenen Gedanken und Absichten nachgehender, Textweltmensch aufzutreten. In einem solchen Moment – ich war auf der Promenade stehen geblieben und Wakusch betrachtete die Skulptur – sprach mich jemand mit diesen Worten an: »Mein guter künstlicher Lesergeist, ich gratuliere dir. Denn du machst deine Sache gut. Sogar sehr gut. Wirklich!«

Ich fuhr herum und erblickte den Geist des realen Wakusch neben mir, meinen Schöpfergeist, und sein Anblick überkam mich so überraschend, daß mir für Sekunden der Mund offen stehenblieb. In einer Geschichte meines Schöpfergeistes mit zwei Wakuschen (dem realen und irrealen) zugleich zu tun zu haben, war bis dahin noch nie vorgekommen und Derartiges hat sich – das kann ich hier schon sagen – auch niemals mehr wiederholt.

»Mach deinen Mund zu!«, sagte mein Autor lächelnd. »Sehr gut, daß ich dich treffe. Wir haben zu sprechen. Komm doch, bitte, auf einen Augenblick von der Promenade runter, in eine stille Ecke, wo uns niemand weiter hören und sich erschrecken kann!« (Wir waren dort ja unsichtbar, aber wenn wir etwas lauter redeten, konnten wir den Buchpersonen (absoluten Neben- oder Hintergrundpersonen der Wakuschgeschichten) immer vernehmbar werden, und daß so ein geisterhaftes Gespräch diese Leute dann unnötig stutzen lassen und auf uns aufmerksam machen würde, lag auf der Hand).

»Aber ...«, sagte ich auf den lesekörperstofflichen Wakusch bei der Medea deutend. »Ich bin nicht allein. Da ist noch ...«

»Weiß ich doch! Ich weiß!«, unterbrach mich der reale Wakusch hastig. »Laß den mal ruhig bei dem bronzenen Frauenzimmer. Er würde uns bloß stören.«

»Aber wenn es ihm einfallen sollte, alleine weiterzuwandern, was dann? Er ist noch schwach auf den Beinen und ...«

»Keine Sorge! Er bleibt bei der Medea, bis wir hier fertig sind. Ich bin der Verfasser und was immer hier geschieht, darüber verfüge ich. Hast du das vergessen?«

Das war natürlich richtig und so folgte ich, wenn auch widerstrebend, dem realen Wakusch an einen unweit gelegenen und von weniger Menschen belebten Platz.

»Paß auf!«, sagte der Reale dann zu mir. »Da ist etwas, was ich dir zu sagen habe und was du machen mußt. Es geht um den Polypen Polymat.« Als ich das hörte, zog ich wohl eine Grimasse, denn der reale Wakusch beeilte sich, hinzuzufügen: »Ja, du magst den Polypen nicht. Ich weiß. Aber schiebe doch bitte mal deine Antipathie etwas beiseite und halte dich bereit! Denn wo immer du ab jetzt in meinen Geschichten den Polypen siehst, wirst du es sein, der ihn lenkt und mit ihm in den Lüften herumschwenkt. Ist das klar?«

»Hm! Nicht ganz«, murmelte ich recht verwundert und ziemlich verdrossen. »Den Apparat haben bisher immer nur die beiden Wakusche in deinen Geschichten betätigt: der reale, also du, und der irreale, also der da (mit diesen Worten deutete ich auf den lesekörperstofflichen Wakusch, der noch immer bei der Medea stand und sie nachdenklich betrachtete). Ich verstehe nicht: Genügt ihr beide nicht, um das monströse Ding in deinen Geschichten hin- und herfliegen zu lassen? Wozu braucht es da noch einen dritten? Noch dazu mich, der ich doch dein künstlicher Leser und mit ganz anderem – du weißt und siehst gerade hier auch womit – vollauf beschäftigt bin? Ich kann dein lesestoffliches jüngeres Ebenbild hier nicht lange alleine lassen. Es leidet schwer an der Leserschwindsucht, mein Lieber, und fühlt sich nur etwas wohler, wenn ich in seiner Nähe bin. Wie soll ich mich da noch mit dem Polypen beschäftigen? Du verlangst zu viel von deinem einzigen und noch dazu künstlichen Leser. Außerdem brauche ich dich nicht daran zu erinnern, daß ich den Polypen Polymat nicht mag, daß ich ihn bei dir für eine lesestoffliche Mißgeburt halte, die mit ein Grund dafür ist, daß du in deinen Wakuschgeschichten keinen realen Leser hast. Es würde mir nicht leicht fallen, unter diesen Voraussetzungen mit dem Apparat so umzugehen, wie du es wünschst. Ziehe das alles, bitte, in Betracht und laß mich in Frieden! Wie du selber siehst, habe ich mit deinem leserschwindsüchtigen Wakusch hier schon alle Hände voll zu tun«, brach es aus mir heraus.

»Du hast ihn mir wieder gesund gemacht – ich sehe es ja – und bin dir auch sehr dankbar dafür«, sagte der Reale knurrig. »Er braucht dich also jetzt nicht mehr und du bist frei. Das trifft sich gut, denn du bist jetzt woanders viel mehr vonnöten.«

»Beim Polypen Polymat«, zischte ich wütend.

»Sehr richtig! Es ist der Polyp, mit dem du dich befassen wirst«, sagte der reale Wakusch freundlich lächelnd. »Und das äußerst intensiv. Ich muß dich jetzt wirklich sehr bitten, alle deine Antipathien gegen den Apparat für eine Weile zu vernachlässigen und dich in der Sache so einzusetzen, wie ich es von dir verlange. Wenn dir der Erfolg meiner Wakuschgeschichten bei den realen Lesern ebenso wichtig ist wie mir – und ich glaube, daran besteht kein Zweifel – wirst du alle deine, im übrigen völlig grundlosen, Vorurteile gegen den

Polymat zurückstellen und alles tun, was ich dir jetzt sagen werde. Wenn die Sache erledigt ist, kannst du deine verkehrten Ansichten über den Polypen von mir aus wieder aufnehmen. Ich werde nichts dagegen haben. Aber für die Zeit deiner Arbeit mit dem Polypen wirst du deinen künstlichen Leserkopf von allen negativen Gedanken über ihn freihalten, weil sie dich bei diesem verantwortungsvollen Einsatz nur stören, deine Leistungsfähigkeit beeinträchtigen würden. Ist das klar?« Ich schwieg während er fortfuhr: »Ich habe dich mit der Fähigkeit ausgestattet, den Kurs des Polypen Polymat telepathisch zu korrigieren, den Apparat dorthin zu bringen, wohin er gehört, nämlich in den Vordergrund meiner Wakuschgeschichten. Wann immer du ihm in meiner Textwelt ansichtig wirst, hast du alle Buchpersonen stehen und liegen zu lassen und dich ausschließlich unserem fliegenden Staubsauger zu widmen. Deine Aufgabe besteht darin – ich sagte es schon – den Polymat, wenn er zu weit im textweltlichen Hintergrund fliegt, in den Vordergrund zu holen, dorthin, wo die Leser spazieren.«

»Ja, gerne!«, warf ich hier sarkastisch ein. »Aber wo spazieren bei dir noch reale Leser? Willst du mir das mal verraten? Ich begegne schon lange keinen mehr. Der ganze Lese-Lebensunterhalt deiner Textwelt hängt heute nur noch von mir ab, lastet auf den schwachen Schultern deines einzigen und noch dazu künstlichen Lesers. Wirst du mich von dieser echten und eigentlichen Aufgabe abziehen und für einen Popanz verwenden, der außerhalb der einen, ihm speziell gewidmeten, Wakuschgeschichte lese-lebensmäßig keinen Pfennig – heute müßte ich sagen: keinen Cent – wert ist?«, fragte ich ihn unbeherrscht.

»Ja, das werde ich«, sagte der reale Wakusch gleichmütig. »Du unterschätzt, wie ich sehe, nach wie vor gewaltig den Polypen Polymat. Das ist ein Irrtum, den du bald einsehen wirst, mein Freund. Und weißt du auch wann? Na, wenn du mir den Polypen in meinen Geschichten hübsch nach vorne, direkt vor die Lesernasen, gezogen haben wirst. Das ist – wie lange muß ich dir das noch einhämmern – deine neue Aufgabe, die du mit dem ganzen Einsatz deiner künstlichen Leserkräfte zu lösen hast. Ich befreie dich von allen anderen Verpflichtungen in meinen Geschichten.«

»Aber dann herrscht dort der Buchweltuntergang!«, rief ich wütend aus. »Dann stirbt und vergeht dort alles an der Leserschwindsucht. Wie kannst und willst du noch immer nicht einsehen, daß ich der einzige Leser bin, der dir noch geblieben ist? Daß das lächerlich mickrige Fünkchen Lese-Leben, das in deinen Wakuschgeschichten noch glimmt, von mir kommt, von mir unterhalten wird und alles zusammenbricht, wenn ich dort zu lesen aufhöre?«

»Ja, du machst deine Sache gut«, gab der reale Wakusch zu. »Aber das ist noch kein Grund, um dich wichtiger zu machen, als du bist. Für das Fünkchen Lese-Leben, das du in meinen Geschichten bloß noch vermuten willst, sehen die Leute, die sich hier am Strand mit Baden, Spielen und Faulenzen vergnügen, viel zu munter aus. Das kann nur möglich sein, weil es reale Leser unter ihnen gibt. Nicht viele vielleicht, da stimme ich dir zu, aber einige auf jeden Fall. Die Lese-Lebenssituation in meinen Texten ist also durchaus nicht so tragisch, wie du mir weismachen willst. Außerdem wird – wenn du mit dem Polypen Polymat so vorgehst, wie ich es dir sage – unvergleichbar mehr Leben in meine Geschichten kommen, als es jetzt der Fall ist. Dann werden die realen Leser erst richtig auf sie aufmerksam werden und sich in ihnen lesendbelebend umsehen wollen. Dann werden sie den Polypen – den ihnen unmittelbar vorzuführen, ja deine Aufgabe ist – direkt wahrnehmen, die dethematisierende Effizienz dieser automatischen Flugmaschine, ihre hohe Kapazität, alles ideologisch Irrtümliche aus der lesestofflichen Atmosphäre aufzusaugen, bewundern und die Phantasie, die den Apparat hervorbrachte, loben. Wenn das bisher nicht passiert ist, dann nur, weil der Polyp in meinen Geschichten zu hintergründig operiert hat, zu weit von allen realen Leseraugen entfernt war.« Nach einer bedeutungsvollen Pause entgegnete der reale Wakusch meinem skeptischen Blick: »Was willst du? Ich kann nicht überall zugleich sein: an einem Ende meiner Textwelt neuen Lesestoff ablegen oder gestalten und gleichzeitig darüber wachen, daß der Polyp in den anfänglichen und mittleren Regionen dieser Welt auch richtig fliegt, in Sichtweite der realen Leser bleibt, sie seine Kunststücke miterleben und bestaunen läßt. Aber dafür zu sorgen, wird nun deine Sache sein. Wo auch immer du den Polypen siehst, befiehlst du ihm einfach, sich an die vordergründigen, von realen Lesern eingesehenen oder direkt besuchten, Stellen in meinen Geschichten zu verlegen. Und sollte er irgendwelche Kapriolen machen oder sich verdünnisieren wollen, hälst du ihn mit der Anweisung ›Halt! Hierbleiben! Bei den Lesern bleiben! Nicht am Horizont, sondern am Strand der maritimen Wakuschgeschichten die Atmosphäre säubern!‹ u. ä. zurück. Du kannst ihm aber auch, wenn nötig, Konkreteres befehlen, wie zum Beispiel: ›Niedriger fliegen! Landen – und einen Rüssel für ein freundliches Shakehands, ein Meet and Greet, mit besonders interessierten realen Lesern ausstrekken!‹ Und wenn die Leser Photoapparate zücken, kannst du ihm in Gedanken zurufen: ›Fliege langsamer! Bleibe in der Luft schweben und lasse dich photographieren!‹ Er wird alles verstehen und machen, was du ihm sagst.«

»Du meinst, die realen Leser werden die Kunststücke des Polypen bestaunen und photographieren?«, rief ich aufgebracht. »Sie werden nur den Kopf schütteln und deinen Roboter als Albernheit abtun. Das ist, was die realen Leser tun werden. Ja nicht einmal das werden sie machen, denn dafür müßte es sie ja in deinen Geschichten erstmal geben, sie müßten den Polypen erst zur Kenntnis nehmen, um sich überhaupt über ihn lustig machen zu können. Wie soll das gehen, wenn reale Leser in deinen Texten so gut wie ausgestorben sind, wenn man dort als Buchperson schon lange, sehr lange, keinen von ihnen mehr gesehen hat? Ziehe endlich die nötigen Konsequenzen! Lasse den Polypen ruhen, sonst kannst du mit keinen realen Lesern in deinen Wakuschgeschichten mehr rechnen!«

Aber der reale Wakusch winkte nur verdrossen ab. »Ja, ich weiß«, sagte er. »Du kannst den Polypen nicht ausstehen. Das ist dein Problem. Ich bin anderer Meinung und setze alle meine Hoffnungen in ihn. Daß der Realismus in den Lesestoffen heute überall erschreckend zugenommen hat, ist richtig. Aber wahr ist auch, daß dieser Prozeß zusammengeht mit einem langsamen Erwachen des gegenteiligen Kunstgeschmacks, man liest und sieht schon sehr gern wieder Märchenhaftes, und das bedeutet: für die Wakuschgeschichten tut sich – wenn der Polyp Polymat dort nur tüchtig vor und über den Lesern umherfliegt – eine Lese-Lebensnische auf. Ich habe diese Situation genau erkundet. Also, was du fortan zu machen hast, ist dir bekannt: Du wirst den Polypen in die Vordergründe der Wakuschgeschichten dirigieren, sodaß die realen Leser, wenn sie dort auftauchen, seiner sofort ansichtig werden. Was von dir einzig abhängt, ist die Korrektur seiner Flugrichtung. Die Energie zum Fliegen und Manövrieren hat der Polyp von mir. Glaube mir, ich würde dich nicht bemüht haben, wenn die Orientierungsfähigkeit der Maschine meinen Wünschen entspräche. Das tut sie aber leider nicht. Sie legt immer wieder die Tendenz an den Tag, in die Hintergründe meiner Geschichten abzugleiten. Mag sein, da es dort einen viel größeren, thematisch weniger begrenzten oder sogar unbegrenzten Raum zum Fliegen für sie gibt. Wie auch immer: Du wirst dem Polypen, wenn du ihn irgendwo in der Ferne siehst, gedanklich stumm oder wortwörtlich laut – das kannst du halten, wie du willst – befehlen, in den Vordergrund der Geschichte zu kommen, dorthin, wo es Leser gibt oder welche zu erwarten sind. Der Apparat wird dir sofort gehorchen. Ich habe ihn auf deine Stimme und auf deine Gedankenströme eingestimmt. Aber er ist – und das darfst du keinen Augenblick vergessen – auch sehr eigenwillig. Wenn du ihn für einen Moment sich selber überläßt, kann es sein, daß er gleich wieder nach hinten, ins Unthematische abdriftet, daß du den Polypen aus den Augen verlierst und dann lange Zeit suchen mußt. Darum werden wir uns diese Arbeit mit dem Polypen Polymat teilen: Wenn du zu müde bist, um weiter auf ihn aufzupassen, rufst du mich einfach an und dann übernehme ich die Polypen-Aufsicht. Wir werden also abwechselnd mit ihm beschäftigt sein. Allerdings werde ich mich dem Apparat nicht so ausgiebig und auch nicht so gut widmen können wie du. Denn ich habe – du weißt das – sehr viel zu schreiben. Außerdem kann ich den Polypen an meinem Schreibtisch nur in Denkweite und nicht auch noch in Sichtweite haben. Mit Gedanken allein läßt der Apparat sich jedoch nicht lange festhalten. Er entwindet sich ihnen schnell und ist dann im Nu verschwunden. Vergiß das nicht! Den direkten Kontakt zu mir kannst du über den Polypen herstellen. Er ist so etwas wie eine telepathophonische Verbindung zwischen uns: Wenn du durch ihn mit mir sprechen möchtest, mußt du ihm ›Realer Wakusch, Achtung!‹ zurufen. Dann stellt er dich zu mir durch und ich höre dich klar und deutlich, von woher in meinen Geschichten du auch immer sprechen magst. So! Jetzt weißt du alles! Halte dich bereit, morgen oder übermorgen schicke ich den Polypen in diese Gegend und deine Arbeit fängt an. Tschüssing!«

Damit war ich wieder allein, hatte neue Sorgen aufgeladen bekommen und eine Wut im Bauch, die schwer zu beschreiben ist. Anstatt die leserschwindsüchtigen Wakuschgeschichten künstlich lesend, mehr schlecht als recht, also mühsam, aber dabei doch auch irgendwie effektiv genug, am Leben zu erhalten, war das sorgsame Thematisieren und Dirigieren des Polypen Polymat – einer der Hauptursachen ihrer Leserschwindsucht – jetzt zu meiner Aufgabe geworden. War Paradoxeres noch vorstellbar? Nein, ich war fest entschlossen, mich dem Polypen ebenso ablehnend gegenüber zu verhalten wie bisher. Ja, jetzt konnte ich mich viel besser, viel effektiver, gegen ihn durchsetzen, denn hatte mir der reale Wakusch nicht gesagt, daß er mich mit der Fähigkeit, den Polypen überallhin zu dirigieren, ausstatten würde? Wollte er sie mir nicht sogar schon verliehen haben? Auf jeden Fall würde ich ab morgen oder übermorgen einen unvergleichlich größeren Einfluß auf den Polypen Polymat ausüben können als bisher. Der Apparat würde sich mir nicht mehr widersetzen können, wenn ich ihn von den Buchpersonen und Lesern der Wakuschgeschichten auf Abstand hielt, wenn ich ihn dort zum Beispiel – diese Geschichten spielen ja beinah alle am Meer – hinter den Meereshorizont verbannte. Dem realen Wakusch gegenüber würde ich dabei auch kein schlechtes Gewissen bekommen, denn der Polyp war nun mal hauptsächlicher Erreger der Leserschwindsucht in seinen Geschichten. Wenn ich ihn da heraushielt, konnte mir ihr Autor nur dankbar sein. Als ich über all das nachdachte, kam mir plötzlich der Verdacht, daß der reale Wakusch mir dieses totale Verfügungsrecht über den Polypen nur deshalb gegeben haben könnte, um mich mit dem Apparat in einer Story festzunageln, um mich dort die Maschine hin- und herbefehlen zu lassen. Vielleicht wusste er schon im Voraus, daß ich ihm seinen Wunsch, den Polymat in die unmittelbare Nähe der realen Leser zu holen, nicht erfüllen, also genau das Gegenteil von dem betreiben würde, was er sich von mir erbeten hatte. Vielleicht benötigte er das Gezerre zwischen dem Polypen und mir, um eine seiner Wakuschgeschichten für die realen Leser besonders interessant zu machen, vielleicht glaubte er, die Leser mit dem Pro und Kontra bezüglich des Polypen in seiner Erzählung noch zusätzlich beeindrucken (amüsieren?) zu können? Mit seiner unerklärlichen Vorliebe für diesen maschinellen Kitsch – anders kann ich den Polypen Polymat in den Schriften des realen Wakusch schon nicht mehr bezeichnen – war ihm so was durchaus zuzutrauen. Was mir dann blühen würde, ließ mir schon kalte Schauer den Rücken hinunterlaufen, nämlich mit etwas thematisch, also ständig, befasst zu sein, das mir gar nicht paßte, wogegen ich mich wehrte, weil es ein absoluter bibliobiologischer, sprich unles- und unerlebbarer Widersinn war, und das auch noch als kaum bis gar nicht mehr gelesene Buchperson des realen Wakusch!

Nein! Dazu wollte ich mich nicht hergeben, dazu war ich mir

doch zu gut oder zu schade, was ja hier auf dasselbe herauskommt. Und so stand mein Entschluß schon fest: ich würde den Polypen immer in die fernsten und von den realen Lesern uneinsehbarsten Hintergründe der Wakuschgeschichten jagen, ihn immer nur dort herumfliegen lassen und darauf achten, daß er nie von dort hervorkam. Wenn der reale Wakusch dahinter kommen und mich deshalb zur Rede stellen sollte, konnte ich ihm sagen, zwar nur als künstlicher, aber um seine Schriften dafür um so besorgterer, Leser gehandelt zu haben, daß der Polyp Polymat in den Wakuschgeschichten nichts anderes war als eine Vogel- beziehungsweise Leserscheuche. Ich konnte es dann endlich auf eine prinzipielle Aussprache über dieses peinliche Thema ankommen lassen und ihn auffordern, sich zwischen dem Polypen und mir zu entscheiden. (Daß er den Polypen wählen würde, war ausgeschlossen, denn als so gut wie einziger Leser, den der reale Wakusch im Augenblick hat, bin ich für seinen Lesestoff viel wichtiger als die Unsinnsmaschine). So war ich jetzt in der Frage des Polypen, nachdem der reale Wakusch mir diesen Apparat wie ein Messer auf die Brust gesetzt hatte, fest entschlossen, mein ganzes künstliches Leserdasein in den Wakuschgeschichten gegen den Polypen in die Waagschale zu werfen. In dieser etwas düster-dezidierten Gemütsstimmung wandte ich mich wieder der Medea von Kolchis zu, genauer: ich suchte die Buchperson Wakusch, die ich doch hier am Meeresufer stehen gelassen hatte, um dem realen Wakuschgeist zu folgen. Aber der lesekörperstoffliche Wakusch war nirgends zu sehen. Offensichtlich war er schon gegangen, als sein realer Doppelgänger noch mit mir über den Polypen sprach, und längst im Hotel auf seinem Zimmer.

Alles entwickelte sich dann auch ganz planmäßig: der reale

Wakusch ließ mit dem Polypen wirklich nicht lange auf sich warten. Zwei Tage waren kaum verstrichen, da sah ich den Apparat hoch über mir in den Lüften kreisen. Ein paar Touristen (keine Lesertouristen natürlich, sondern irgendwelche absoluten Hintergrundpersonen, wie sie einem in den Wakuschgeschichten an den Schwarzmeerstränden auf Schritt und Tritt begegnen) hatten ihn auch schon entdeckt und reckten neugierig die Hälse nach dem seltsamen, tintenfischähnlichen Flugzeug, das sich, durch die Wolken am Himmel manchmal der Sicht entzogen, dann aber wieder und auch lange genug sehen ließ. Die Leute hatten wohl zuerst an eine Sinnestäuschung geglaubt, ja einige von ihnen wollten die Merkwürdigkeit hoch in der Luft noch immer nicht akzeptieren, denn sie rieben sich kopfschüttelnd die Augen, zeigten nach oben und riefen allen, die vorbei kamen, Sätze zu wie: »Guckt doch mal da! Was da fliegt. Seht ihr das auch oder hat uns die Sonne verrückt gemacht?« Nein, sie lagen ganz richtig: hoch oben in der Luft flog ein sonderbares rechteckiges Gestell mit hochgereckten Schlaucharmen, an deren äußersten Enden die Füllköpfe blitzten. An seinen beiden Flanken prangte in grellen großen Buchstaben das russische Wort Pilesoss (Staubsauger). Statt des roten Wimpels, der an seinem Bug geflattert hatte, wehte dort jetzt aber ein dunkelblaues Tuch, das ich nach einigem Überlegen als das Emblem der Europäischen Union identifizieren konnte, denn auf dem Stoff wellte und wogte im Wind der große, die Mitgliederzahl der Union symbolisierende, Ring aus gelbgoldenen Sternen. Ich muß sagen, daß ich von dieser Entdeckung gar nicht so erbaut war. Ja, ich war sogar entsetzt darüber. Denn diese Fahne charakterisierte ja den Polypen weithin als Ausländer westlicher Herkunft. Welcher Teufel hatte den realen Wakusch geritten, als er den Polypen mit diesem Kennzeichen versah und in seine Geschichten schickte, die alle noch in tiefster Sowjetzeit spielen? War der Apparat jetzt, mit dieser Fahne an seiner Nase, nicht ein gefundenes Fressen für alle sowjetischen Grenzwächter und Spitzel in den Wakuscherzählungen? Würde man diesem merkwürdigen Westphänomen im eigenen sowjetischen Luftraum nicht sofort und zumindest un- und antithematisch auf den Grund gehen und seine Verfolgung aufnehmen wollen, was die Agenten dann auch sehr leicht bis zu den Wakuschen Nr. 1 und 2 (zu dem lese- und dann auch realkörperstofflichen Wakusch) bringen konnte? Oder war der EU-Wimpel am Bug des Polypen Polymat wieder bloß eine verantwortungslose Geckerei des realen Wakusch, der mit allen, selbst den riskantesten, Mitteln versuchte, die realen Leser an seine Geschichten zu binden? Mit der Beantwortung aller dieser Fragen verlor ich aber keine Zeit, sondern reagierte auf der Stelle.

»Weg mit dir!«, befahl ich dem Polypen, der gerade wieder hinter einem Wolkenfetzen in Sicht kam. »Verschwinde auf der Stelle aus dieser Geschichte! Hinter die Himmelsdecke, hinter den Horizont! Wohin du willst. Nur: Hau ab von hier, aber dalli!« Kaum gesagt, genauer: gedacht, da war der Polyp dort oben schon spurlos verdunstet. Ich war selber erstaunt, wie rasch das ging, wie tadellos akkurat und glatt der Apparat auf meine telepathische Anweisung reagiert hatte. Wie es schien war meine Befehlsmacht über den Polymat so gut wie grenzenlos, die Konstruktion tat gehorsam alles, was ich wollte und dementsprechend konnte meine Arbeit mit ihm auch gar nicht so schwer sein. Aber vielleicht war der Polyp auch nur so plötzlich verschwunden, um sich nach ein paar

Augenblicken wieder bei uns einzustellen? Wieder am Himmel dieser Wakuschgeschichte, aber dann an anderer Stelle, aufzutauchen? Vielleicht war der Polyp Polymat, als Nuß, für mich, den künstlichen Leser der Wakuscherzählungen, viel schwerer zu knacken, als es auf den ersten Blick aussah? Ich sah, wieder beunruhigt, in den Himmel, suchte in und zwischen den Wolken – nichts. Der Polyp war nirgends zu sehen, ich hatte ihn mit meinem strengen Befehl zumindest aus der Sichtweite aller Buchpersonen verjagt. Und der Apparat schien auch nicht die Absicht zu hegen, sich noch einmal blicken zu lassen. Wer dort noch neugierig auf ihn wartete – auch solche gab es unter den Buchpersonen – wurde enttäuscht: Der Polyp kam, wenigstens fürs erste, nicht mehr wieder. Mein Anschnauzer mußte ihm jede Lust, nochmal bei uns aufzutauchen, genommen haben.

Die Leute, die auf den Polypen aufmerksam geworden waren, standen, als er so plötzlich ausblieb, noch einige Augenblicke unschlüssig stehen und gingen dann kopfschüttelnd weiter. »Wir haben uns einfach getäuscht«, hörte ich jemanden von ihnen noch sagen. »Ein fliegender Staubsauger! So was gibt's doch gar nicht.«

»Aber wir können uns doch nicht alle geirrt haben«, wandte jemand ein. »Ein Staubsauger. So war es an dem Ding angeschrieben. Das hat doch jeder gelesen.«

Ich bin dann noch mehrere Male und zu verschiedenen Tages- und Nachtzeiten (dann mit einem speziellen Feldstecher ausgerüstet, mit dem man auch in der Dunkelheit alle Gegenstände weithin ganz gut ausmachen kann) am Schwarzmeerstrand, der beinah alle Wakuschgeschichten durchzieht, entlang patrouilliert. Denn daß der Sputnik wiederkommen würde, war mir natürlich klar. Als ein vom realen Wakusch auf seine Erzählungen extra Angesetzter, konnte der Polyp gar nicht lange wegbleiben, mußte er sich immer wieder zeigen. Seltsamerweise ließ sich der Apparat aber lange nicht sehen. Ich weiß nicht mehr wie viele Wakuschgeschichten ich so durchstreift habe, ohne den Polypen Polymat auch nur einmal zu Gesicht zu bekommen. Das war wirklich merkwürdig, mir aber – weil ich ja gar nichts mehr zu tun hatte – auch sehr angenehm.

Mitunter kam mir bei diesen Wanderungen auch der lesekörperstoffliche Wakusch zu Gesicht. Weil er aber in allen diesen Fällen einen bibliobiologisch völlig gesunden Eindruck auf mich machte (nicht mehr apathisch am Strand saß, sondern sehr beweglich und, im Gespräch mit den verschiedensten Leuten (Ferienmachern aller sowjetischen Nationalitäten) befangen, hin- und herspazierte oder irgendwo im Schatten saß und etwas in seinen Notizblock kritzelte), kümmerte ich mich auch nicht mehr besonders um ihn. Ganz offensichtlich benötigte er von mir, seinem einzigen künstlichen Leser, zumindest in diesen Momenten keinen vorstellungsenergetischen Zuschuß mehr. Sehr oft kam mir, wenn ich ihn so munter vor mir stehen, sitzen oder gehen sah, der Gedanke, es könnten wieder reale Leser in die Wakuschgeschichten gekommen sein und das thematische Lese-Leben wieder normal in Bewegung gebracht haben. Das war natürlich nicht der Fall. Wer mir da in den Geschichten auf allen Wegen, Straßen und Boulevards begegnete, waren nur Buchpersonen, durchweg bloß absolute Neben- oder Hintergrundpersonen der Wakuscherzählungen, also immer wieder neue und buchthematisch völlig gleichgültige Gesichter. Aber gehören reale Leser in der Buchwelt doch nicht auch in diese Personenkategorie? Und wie kannst du sie dann – wenn sie dir in den Wakuschgeschichten erscheinen – von den dortigen Buchpersonen (absoluten Nebenpersonen) unterscheiden? Woher kannst du dann überhaupt wissen, daß du reale Leser vor dir hast? Das oder Ähnliches könnte man mich jetzt fragen. Nun, die Antwort darauf ist: da ich selbst ein Leser bin – wenn auch bloß ein künstlicher – habe ich ein untrügliches Gespür für meinesgleichen in den Wakuschgeschichten. Ich kann den realen Leser dort schon auf mehrere Meter Entfernung wittern. Die Realität, die seine Person ausstrahlt, verrät ihn mir. Dasselbe kann dann übrigens auch den Buchpersonen passieren. Sie nehmen den realen Leser bei sich allerdings nicht als solchen wahr, sondern ganz buchweltlich-realistisch-realpersönlich als einen Herrn oder eine Dame, als jemanden, in dessen Gesellschaft sie sich besonders gut fühlen, weil er oder sie eine angenehme Ausstrahlung haben. Das stimmt ja auch im wesentlichen, denn jeder reale Leser ist in der Buchwelt immer so etwas wie eine Energiequelle für alles Lese-Lebendige. In der Buchwelt sähe sich jeder reale Leser stets umringt von Buchpersonen (Haupt- wie Nebenpersonen), die nur danach streben würden, in seiner nächsten Nähe zu sein und zu bleiben, fast wie bei einem Heiligen, zu dem hin sich alle drängen, um seinen Segen zu empfangen. Er käme nicht mehr zum Lesen, die Geschichte stünde auf der Stelle, weil der Riesenauflauf, dessen Grund und Zentrum der reale Leser dann wäre, es nicht mehr zuließe, daß ihre thematischen Ereignisse sich weiterentwickelten. Daß dies und Ähnliches nicht geschieht, daß der reale Leser in den buchweltlichen Geschichten keine un- und antithematischen Menschenmengen um sich versammelt, hat seinen Grund in dem buchthematischen Existenzzwang, dem alle Buchpersonen ausnahmslos unterliegen, der eines der Grundgesetze im Buchweltkosmos ist und bewirkt, daß die Buchfiguren, die sich besonders in der Nähe des realen Lesers streng thematisch zu verhalten haben, ihn an sich vorübergehen lassen müssen, als sähen sie ihn nicht, als gäbe es ihn gar nicht. Endlich haben wir, um genau zu bleiben, das Gesagte aber noch zu relativieren und hier anzumerken, daß selbstverständlich nicht alle Leser realgeistig und -persönlich in den Buchweltbezirkswirklichkeiten herumspazieren, sondern nur ein sehr geringer Teil von ihnen, jener nämlich, der einbildungskräftig genug ist, sich auch selber in diese Realitäten hineinzuversetzen.

Von realen Lesern war also – wie ich, nach dem Polypen Polymat Ausschau haltend, durch die Wakuschgeschichten streifte – nichts zu entdecken. Aber gab es vielleicht doch reale Leser in diesen Geschichten, die nur nicht einbildungskräftig genug waren, um auch selber in ihnen zu erscheinen? Habe ich nicht eben angedeutet, daß die meisten Leser das innerweltliche Leben in ihren Texten aus ihrer realweltlichen Transzendenz heraus wahrnehmen, also jenseits der textlichen Wort- und Satzgrenze verbleibend? Vielleicht war gerade das der Fall und die Leserabwesenheit in den Wakuschgeschichten nur ciszendent zu verstehen, nur diesseits der Wort- und Satzgrenze dieser Geschichten? Auch das ist leider zu verneinen. In der Trans- und Ciszendenz gab es keine reale Lesermenschenseele. In meiner Funktion als künstlicher Leser aller schriftlichen Erzeugnisse des realen Wakusch habe ich nämlich den völligen Überblick über den Lese-Lebensprozess in seinen Schriften, die totale bibliobiologische Synopsis, um es mit einem Terminus aus der für diese sehr spezifischen Probleme und Sachverhalte einzig zuständigen Wissenschaft, der Bibliobiologie, zu sagen. Solchen Überblick kann ich mir immer verschaffen, indem ich aus der innerweltlichen Dimension der Wakuschtexte hervor- und in die Realwelt (wo diese Texte sich befinden) hineinspringe. Das hört sich schwieriger an, als es ist. Für mich jedenfalls ist so ein Den-Kopf-in-die-realweltliche-Transzendenz-Hinausstrecken-und-die-nächste-reale-Umgebung-der-Wakuschtexte-in-Augenschein-Nehmen spielend leicht auszuführen. Als Lesergeist, der ich ja eigentlich bin, habe ich damit überhaupt keine Schwierigkeiten. Wann immer ich will, fahre ich wie ein Komet durch die Textwelthimmelsdecke der Wakuscherzählungen hindurch, hinein in den realen Raum oder in den Saal der realen Bibliothek, wo diese Texte oder Erzählungen als Manuskripte oder Bücher herumliegen oder -stehen. Sehr häufig finde ich mich dann in einem realen Bücherschrank wieder, eben dort, wo das Wakuschbuch oder der Wakuschband (der reale Wakusch hat ja zwei Bücher über sein Leben in Deutschland herausgegeben) mit den Geschichten stehen, in denen ich gerade umherstreife. Allerdings kann ich mich dann nie allzu weit von diesen Büchern entfernen. Da ich ja ein künstlicher Leser bin, gehöre ich, ohne selbst eine ihrer Buchpersonen zu sein, ihrer Inhaltsebene an, sodaß meine Veräußerlichungen in die reale Welt auch zeitlich immer nur die kürzesten sein können. Sie reichen immer gerade mal dafür aus, um mich in der realen Weltsphäre umzusehen und festzustellen, daß sich kein Leser mit dem Wakuschtext beschäftigt, aus dem ich da hervorgekrochen bin. Wenn mir dieser betrübliche, aber für mich, um ehrlich zu sein, schon ganz gewöhnliche, Sachverhalt klargeworden ist, sinke ich sofort wieder in die Wakuschgeschichte oder genauer gesagt: auf die Inhaltsebene des Textes, der sie enthält, zurück. Von solchen Stichproben in die realweltliche Transzendenz rührt also mein Wissen, daß es leider auch jenseits der Textwelthimmelsdecke in den Wakuscherzählungen keine Leser gibt, die mit ihnen befaßt sind, ja auch der reale Wakusch selber, der Verfasser aller dieser Schriften, ist mir – etwa als ein über seine Wakuschnotizen oder -manuskripte gebeugter, an dem Material schreibender oder es einfach lesender – kaum begegnet. Ich erkläre mir das damit, daß der reale Wakusch jetzt schon seit langem wohl nur noch an den finalen Partien seines Wakuschwerkes arbeitet und die Erzählungen alle in seinem Mittelstück enthalten sind. Wie kommt es nun aber, daß diese Erzählungen innerlich immer noch einen sehr lebendigen Eindruck machen, daß dort, an den Stränden des Schwarzen Meeres stets ein fröhlich urlaubsfreudiges Publikum lagert, die Hotels voller Gäste sind und die Kolonne der An- und Abreisenden nicht abreißt? Das erklärt sich daraus – ich glaube, ich habe das oben bereits angedeutet –, daß das ganze Volk an dieser Riviera bibliobiologisch in die Kategorie der absoluten Neben- oder Hintergrundpersonen der Wakuscherzählungen gehört, sich also aus Personen rekrutiert, die von der Leserschwindsucht immer zuletzt betroffen sind, denen also die komplette Leserlosigkeit lange Zeit gar nichts ausmacht, sodaß man beim Anblick solcher völlig unbekümmerten, lustig schwätzenden und ihre Ferien genießenden Leute, den Eindruck hat, in einem bibliobiologisch gesunden, d.h. regelmäßig von realen Lesern besuchten und lese-lebensenergetisch gut versorgten, Buchweltbezirk zu sein. Dabei ist das in Wirklichkeit gar nicht der Fall. Die Hauptperson dieser ganzen Semantik, nämlich der lesekörperstoffliche Wakusch, ist, selbst wenn er manchmal auch einen ganz munteren Eindruck macht, bibliobiologisch gar nicht richtig in Form. Nun hatte ich ihn – wir wissen es – in einer Erzählung wieder auf die Beine gestellt, so gut sich das als künstlicher Leser eben noch machen ließ. Aber in vielen anderen Erzählungen (der reale Wakusch hat ein ganzes Dutzend Wakuschgeschichten verfaßt, die alle neben- oder hintereinander am buchweltlichen Schwarzen Meer liegen, sodaß man, am Strand entlangwandernd, aus einer in die andere gerät) stand es mit ihm bibliobiologisch bestimmt nicht so gut und ich hatte dort auch deswegen noch nichts für ihn tun können, weil ich – das war ja der ausdrückliche Wunsch des realen Wakusch gewesen – nach dem Polypen Polymat Ausschau halten musste, der ihm im Augenblick mehr am Herzen zu liegen schien als sein eigenes lesekörperstoffliches Ebenbild. Für mich aber behielt der lesekörperstoffliche Wakusch eine viel größere Bedeutung als der Polyp, den ich – man weiß es ja schon – als ein in den Wakuschgeschichten nicht überall notwendiges, eher störendes, Requisit betrachtete. Ich wollte mich – wenn ich ganz sicher war, den Polypen Polymat für längere Zeit aus diesen Geschichten verjagt zu haben – auch gleich wieder um die Buchperson Wakusch kümmern, sie so, wie ich das schon einmal und mit gutem Erfolg gemacht hatte, überall, wo es nötig war, auf ihrem Hotelzimmer zu besuchen und ihr wie ein guter, belebender, Leserschutzgeist beizustehen. Daß ich das nicht gleich tat, nachdem ich den Polypen mit meinem ersten wütenden Befehl, auf der Stelle vom Textwelthimmel zu verschwinden, belegt hatte und der Apparat daraufhin auch prompt verschwunden war, hatte seinen Grund. Ich traute dem Schein noch nicht so recht. Das Gefühl, der Polyp könne jeden Moment wiederkommen und einen möglichen realen Leser aus der Ciszendenz und der Transzendenz der Wakuscherzählungen vertreiben, beschlich mich immer wieder. Das mag im Widerspruch zu meiner obigen Behauptung stehen, daß die Wakuscherzählungen zur Zeit von der realen Leserschaft überhaupt ignoriert werden und daß dieser allgemeine Ausfall der realen Lese-Lebensenergien schon die bedenklichsten Verfallsphänomene hervorgerufen hat. Doch wie aussichtslos die Leserlosigkeit in den Buchweltbezirken auch immer scheinen mochte, die Wahrscheinlichkeit, daß der pure Zufall doch mal eine lesende Realperson dorthin verschlägt, ist niemals auszuschließen. Daß ich also lieber nichts riskieren (mir so einen zufällig bei uns hereingeschneiten realen Leser von dem Polypen Polymat nicht gleich wieder verscheuchen lassen) wollte, wird jeder verstehen.

Ich war also zunächst – wie viele Wochen es gewesen sind, weiß ich nicht mehr genau zu sagen, mindestens drei oder vier waren es sicherlich – in Sachen des Polyps Polymat unterwegs, immer bereit, diesen Apparat, wenn er sich mir in irgendeiner maritimen Wakuscherzählung wieder zeigen sollte, aus dem Lesestoff zu entfernen, ihn hinter den Horizont des Schwarzen Meeres zu verbannen, diesem – wie ich damals ja überzeugt war – geschmacklosen Leserschreck jede Möglichkeit zu entziehen, sich in der Semantik antithematisch breit zu machen. In welchen Wakuschgeschichten ich so umhergestreift bin, kann ich nicht angeben, denn von innen sehen sie alle – besonders wenn man als ihr künstlicher Leser dort am Meeresstrand entlanggeht, dieses semantische Territorium nur von absoluten Neben- oder Hintergrundpersonen der Geschichten bevölkert ist und die Hauptpersonen (der lesekörperstoffliche Wakusch und sein Freund) sich da nicht sehen lassen – völlig gleichartig aus: dasselbe Schwarze Meer, das an denselben Ufern leckt und schmatzt, dasselbe aus absoluten Nebenpersonen gebildete Badevolk am Strand, dieselben Strandhotels von Pizunda oder Bitschwintha wie der Ort auf Georgisch heißt, dieselben Schiffchen und Ruderboote, die draußen im Meer auf den Wellen schaukeln und dieselben Möwen, die dort ab und zu am Himmel vorübergleiten. Ich war diesen Anblick der Athematizitäten schon gewohnt und so wäre ich auch niemals auf die Idee gekommen, in all diesen Bildern jemanden oder etwas als von irgendeinem Belang für die Wakuschgeschichte zu werten, in der ich mich gerade aufhielt.

Aber dann kam es anders. Irgendwo in dieser ganzen Semantik, vielleicht dort, wo ich den leserschwindsüchtigen Wakusch wieder leselebensmäßig etwas aufpulvern konnte, wo ich mit ihm den Strand von Pizunda entlangspaziert bin, wo er plötzlich ein ungewöhnlich lebhaftes Interesse für die Medeafigur am Strand entwickelte und das unerwartete Auftauchen des realen Wakusch uns wieder auseinander brachte? Genau kann ich das nicht sagen, dafür sieht das Panorama in allen Wakuschgeschichten viel zu gleichartig aus. Also irgendwo in einer der vielen Wakuscherzählungen sah ich plötzlich den irrealen, lesekörperstofflichen Wakusch unweit der Medea auf einer Bank sitzen. Er hatte ein Buch auf seinem Schoß, in das er hin und wieder hineinsah, wenn er seinen Blick von dem Standbild abzog. Daß die Hauptperson in dieser Semantik sich auf den Boulevard hinaus und an die Luft begeben hatte, freute mich natürlich sehr. War es doch das Zeichen dafür, daß es diesem Wakusch in seinem Lesekörperstoff trotz aller Leserlosigkeit schon viel besser ging. Und das Buch in seinen Händen stellte mich auch sehr zufrieden, denn hieß das nicht, daß er schon wieder energisch und interessiert genug war, um sich mit etwas konkret zu beschäftigen, seinen Gedanken über irgendwelche Fragen nachzugehen, vielleicht Sachen zu bebrüten, die mit seinem autobiographischen Romanmanuskript zu tun hatten? Was mich nur ein bißchen verwunderte, war, daß der lesekörperstoffliche Wakusch da bei einem recht unfreundlichen Wetter im Freien war. Der Tag war zwar sonnig, aber windig, die See aufgewühlt und der Strand nur von wenigen Hotelgästen besucht. Die meisten Leute blieben bei solchen Wetterverhältnissen auf ihren Zimmern oder machten geschlossen Ausflüge in die Umgebung. Dem irrealen Wakusch jedoch schien die Brise – weil er sich ihr ja auf der Bank direkt ausgesetzt hatte – überhaupt nichts auszumachen. Ich wollte ihn schon sich selbst überlassen und weiterwandern (ich hatte mir in der Ferne einen Berg ausgesucht, von dessen Spitze aus man den ganzen Himmel und die ganze Bucht besonders gut nach dem Polypen absuchen konnte), da ließ mich plötzlich der Anblick des von mir gesuchten und verfolgten Apparates auf der Stelle erstarren. Jawohl, ich träumte nicht: der Polyp Polymat kam im Tiefflug vom Meer her direkt auf uns zu. Mit »uns« meine ich den irrealen Wakusch und mich, denn der Polyp flog so heran, als ob er uns beide aufs Korn genommen hätte: Seine spitze Nase zeigte direkt in unsere Richtung.

Meine erste Reaktion war natürlich, den Staubsauger mit einem wütenden Befehl zum Umdrehen und Wiederabzug zu zwingen. Aber in dieser Sache mußte ich dann sogleich meinen Irrtum einsehen. Als ich dem Polypen nämlich in Gedanken den Befehl »Herum und wieder zurück mit dir von woher du kommst!«, zuschleuderte, setzte der Mechanismus seinen Weg fort, als ob nichts gewesen wäre. Mir blieb zuerst der Mund offen stehen und als dann mein zweiter, dritter und vierter Befehl an den Polypen, sofort abzudrehen und zu verschwinden, auch nicht fruchteten (der fliegende Staubsauger rückte immer näher heran, ohne sich von meinen Gedanken auch nur im mindesten beeindruckt zu zeigen), kleidete ich meine Anweisungen – übrigens ganz mechanisch – in die entsprechenden und von mir dann auch schon sehr aufgebracht hervorgestoßenen Worte: »Stop, du Teufelsding! Sofort anhalten, abdrehen und weg von hier! Du bist hier unerwünscht, verstanden? Mache kehrt und verzieh dich, verdammt noch mal!«

Aber der Polyp ließ sich von mir nichts mehr sagen und flog seelenruhig weiter, ganz so, als ob es mich nicht gegeben hätte. Das war so überraschend, allen meinen Plänen mit dem Polymat widersprechend, daß ich den Wunsch verspürte, mich erst mal hinzusetzen, um diesen völlig unerwarteten Sachverhalt genauer zu überdenken. Was war jetzt los? Warum gehorchte mir der Polyp nicht mehr? Wegen des realen Wakusch vielleicht? Hatte der es sich jetzt anders überlegt, war er entschlossen den Apparat selbst durch seine Geschichten zu steuern? Hatte er alle seine Schreibarbeit beiseite geschoben, um sich nur noch dem Polypen zu widmen, ihn in seinen Wakuschtextrealitäten umherfliegen zu lassen, so wie er es wollte, immer möglichst dicht vor der Nase etwaiger realer Leser? Aber das widersprach doch unserer Abmachung, er entzog mir wieder alle Befehlsgewalt über den Polypen Polymat und das ganz plötzlich, ohne mir darüber Bescheid zu geben. Hegte der reale Wakusch vielleicht Mißtrauen gegen mich? Hatte er meine Absicht, den Polypen aus den thematischen Vordergründen seiner Wakuschgeschichten herauszuhalten, ihn gerade nicht an dort lesende Realpersonen heranzulassen, durchschaut?

Aber das waren alles Fragen, auf die sich irgendeine Antwort auszudenken, keine Zeit mehr war, denn was jetzt folgte, war zumindest für mich viel zu aufregend und erfolgte auch viel zu schnell. Der

Polyp flog lautlos, wie ein Gespenst des Himmels, schnurstracks auf den lesestofflichen Wakusch zu. Der hatte das Buch weggelegt, war aufgesprungen und bedeutete dem herankommenden Polypen, wie ein Schutzmann den Straßenverkehr nach rechts freigibt, in diese Richtung abzudrehen und weiterzufliegen. Rechts von uns stand, ein Stück in das Wellengekräusel hinausgeschoben, die große Medea. Der Polyp befand sich gerade genau auf gleicher Höhe mit ihr und hätte sie rammen müssen, wenn nicht Wakusch seinen ausgestreckten Arm, kurz bevor es hätte passieren können, ruckartig abgesenkt hätte. Der Polyp stand sogleich starr in der Luft, nur wenige Meter von dem bronzenen Antlitz der Medea entfernt. Dieses Bild vor uns erweckte den Eindruck, als ob die mythisch-mystische Dame von einer Riesenheuschrecke aus vorsintflutlicher Zeit besucht worden wäre und sich sogleich ein Gespräch zwischen ihnen entspinnen müsste.

»So! Lernt euch erst mal kennen!«, hörte ich den lesestofflichen Wakusch murmeln (ich war, für ihn unsichtbar, ganz nah herangetreten, weil mich alles was da im Gange war natürlich maßlos interessierte und etwas davon zu verstehen nur aus nächster Nähe möglich war), dabei beschrieb er kleine kreisförmige Bewegungen mit seinen Fingern. Sein Gebaren zeigte Wirkungen, denn der Polyp fing an, die Medea zu umkreisen, mehrmals zuerst um ihren Bronzekopf und dann um ihre ganze metallene Gestalt herumzufliegen. Er hatte mehrere seiner Schlaucharme um die Hüften der antiken Dame geschlungen, sodaß es aussah, als wollte er mit ihr tanzen oder sie auf ihrem Sockel in Bewegung bringen. Dieses Manöver dauerte ein paar Minuten und ich blickte mich währenddessen auch immer wieder besorgt in der Umgebung um, ob da nicht etwa ein zufälliger Leser Zeuge dieser irr- und surrealistischen Beschwörung des Medeastandbildes geworden war. Zu unserem Glück gab es – die totale Leserlosigkeit in den Wakuschgeschichten ist, wie schon gesagt, wenigstens bis jetzt ein nahezu permanenter Zustand – niemanden, von dem sich hätte annehmen lassen, er sei eine uns lesend belebende (vorstellende) Real(geister)person. Etwas weiter entfernt hockten zwar einige Personen trotz des unfreundlichen Wetters am Strand, doch das waren – ich sah es gleich – Buchpersonen der Geschichte und natürlich bloß absolute Neben- oder Hintergrundpersonen. Von ihnen war also nichts zu befürchten: Sie würden bleiben, wo sie waren, nämlich im weiteren Hintergrund dieser ganzen Szene, bei ihren thematisch völlig belanglosen Beschäftigungen, für die sich außer ihnen selber niemand anders (vor allem keine reale Lesermenschenseele) interessierte.

Beim Umschauen war mein Blick auch auf das Buch gefallen, das die Buchperson Wakusch hastig weggelegt hatte, als der Polyp Polymat sich uns am Himmel zeigte und Kurs auf den Abschnitt des langen Strandes nahm, an dem wir uns befanden. Der Wind fuhr da gerade in die Seiten und blätterte sie um bis zum Titelblatt. Es war der Roman »Medea« von Christa Wolf. In jeder anderen Situation wäre mir das weniger aufgefallen, denn die beiden Wakusche lesen ja viel, und besonders solche einfallsreichen und eigenwilligen Adaptionen vorhandener Mythen und Legenden lassen sie sich nicht entgehen. Aber hier war es anders, hier hatte die Buchperson Wakusch – wie mir sein Manövrieren mit dem Polypen Polymat schon deutlich genug gemacht hatte – etwas mit dem Standbild der Medea im Sinn. Daß er den Roman über eben diese mythisch-mystische Figur dabei hatte, war bestimmt kein Zufall. Es legte vielmehr eine Verbindung zwischen der buchpersonifizierten und skulptierten Medea nahe, die der lesekörperstoffliche Wakusch in seinem Kopf angestellt haben mußte. Was hatte er vor? Und wie kam er überhaupt dazu, sich hier irgendwelche Experimente mit der buch- und standbildweltlichen Medea einfallen zu lassen? Der reale Wakusch konnte sie ihm kaum eingegeben haben, denn soweit ich wußte, hatte unser realer Schöpfer-Autor sich nie mit der Idee getragen, mythische Sujets in seinen Wakuschgeschichten mit einzustreuen. Außerdem hatte er das Manipulieren des Polypen Polymat hier doch ausschließlich mir übertragen und mir kein Wort darüber gesagt, daß er auch sein lesekörperstoffliches Ebenbild den Polypen zu etwas benutzen lassen würde. Gerade das hätte er aber tun müssen, denn sonst – und war das nicht eben jetzt geschehen? – mussten wir uns (ich meine den lesekörperstofflichen Wakusch und mich) doch mit dem Polypen unvermeidlich ins Gehege kommen, musste einer dem anderen die Befehlskraft über den Polypen wegnehmen. Ein auch nur halbwegs ordentlicher Autor darf solche Vag- und Halbheiten in seinem Schöpfungsplan nicht zulassen. Was der lesekörperstoffliche Wakusch hier mit dem Polypen an dem Medeastandbild einzuleiten beabsichtigte, war eine völlig un- und vielleicht sogar antithematische Aktion. Auf jeden Fall geschah das ohne Wissen des realen Wakusch und ging mit dem eigentlichen Sujet der Wakuschgeschichte, in der wir uns befanden, unthematisch nebenher. Nur deshalb hatte die Buchperson Wakusch einen wettermäßig so unangenehmen Tag für seine Pläne mit der Medea gewählt, weil sein Sujet dann sehr wahrscheinlich ruhte, weil es ein thematischer Ruhetag war, an dem er – wie er ganz offensichtlich dachte – in seiner Erzählung machen konnte, was er wollte. Und weil die Medeafigur begonnen hatte, ihn zu interessieren – war mir das bei ihm hier nicht schon irgendwo aufgefallen? –, hatte er sie jetzt aufs Korn genommen und sogar den Polypen zu seiner Unterstützung mobilisiert.

Daß der lesestoffliche Wakusch in seinen unthematischen Lese-Lebensaugenblicken vieles macht, wovon im Manuskripttext über ihn nichts geschrieben steht, wovon also sein Autor, der reale Wakusch, auch gar nichts wissen kann, war mir schon lange bekannt. Ich habe es mir nämlich schon längst zur Gewohnheit gemacht, die zwei autobiographischen Romanmanuskripte der beiden Wakusche miteinander zu vergleichen, weil mir von Anfang an (seit Beginn meiner Tätigkeit als künstlicher Leser beim realen Wakusch) gleich auffiel, daß sie sich in vielem gar nicht entsprechen. Das hätten sie jedoch eigentlich nicht tun dürfen, denn der reale Wakusch buchpersonifiziert sich in seinen Wakuscherzählungen und überhaupt in seinem Wakuschroman als derselbe Schreiber, der er in realer Wirklichkeit ja immer nur ist: Er läßt seine eigene Text- oder Buchperson an demselben autobiographischen Roman- und Erzählstoff schreiben, an dem er auch als Realperson unentwegt sitzt und arbeitet. Hätten sich die beiden Wakuschmanuskripte – das reale und das irreale (an dem die Buchperson Wakusch schrieb) – in diesem Fall nicht entsprechen, das eine wie ein Ei dem anderen gleichen, müssen? Aber so war es nicht. Die Texte – weil ich in beide Einsicht nehme, kann ich das beurteilen – driften auseinander. Eine allgemein-identische Rahmenhandlung ist zwar vorhanden (bei den beiden Wakuschen beginnt die Erzählung zum Beispiel in Deutschland und bewegt sich erst viel später, durch die Folgen des Zweiten Weltkrieges bedingt, in den weiteren, südöstlichen Raum Europas hinüber. In beiden Fällen sind diese Manuskripte Beschreibungen der langen, fast ein Menschenleben dauernden, Nachkriegsgefangenschaft des Wakusch in der Sowjetunion), doch bei dem lesekörperstofflichen Wakusch stehen Dinge vermerkt, die es im Text seines realen Autors so (mit derselben Unmittelbarkeit und Intensität des sprachlichen Ausdrucks) nicht gibt. Beim Lesen seiner Texte wird einem nämlich klar, daß der lesestoffliche Wakusch seine text- oder buchweltliche Seinsverfassung enträtselt hat und versucht, mit allen ihm zur Verfügung stehenden begrifflichen Mitteln Licht in diese Angelegenheit zu bringen. Er ist darin viel hartnäckiger und gedanklich gründlicher als sein realpersönliches Double, das die Seinsart seiner Buchfiguren und der Buchwelt zwar auch behandelt, ja eigentlich als Initiator dieser merkwürdigen bibliobiologischen Denk- und Ausdrucksweise anzusehen ist, diese Sachen in seinen Wakuschmanuskripten allerdings viel zurückhaltender thematisiert als anderswo. Der lesekörperstoffliche Wakusch kann sich dagegen in seinem Manuskript seitenlang über die Existenzprobleme der Lese-Lebewesen auslassen, über ihre Bedrohung durch die Leserschwindsucht und von Mitteln und Wegen zur Bekämpfung dieser schlimmen buchweltlichen Krankheit erzählen. Ein Glück, daß diese Schriften der Buchperson Wakusch nur mir, dem künstlichen Leser aller Wakuschtexte (sowohl der in der Real-, als auch der in der Buchwelt befindlichen), ersichtlich sind. Reale Leser, denen ja schon die Texte des realen Wakusch eben wegen des darin enthaltenen bibliobiologischen Moments meist nur völlig rätselhafte Undinger sind, die sie kopfschüttelnd abweisen, würden das, was die Buchperson Wakusch schreibend verzapft, überhaupt erst gar nicht zur Kenntnis nehmen.

Für mich bestand jetzt kein Zweifel mehr, daß das Manövrieren des Polypen Polymat durch den lesestofflichen Wakusch in nächster Nähe der Medeastatue am Schwarzmeerstrand von Pizunda eine völlig unthematische, auch selbst unserem gemeinsamen Schöpfer-Autor, dem realen Wakusch, völlig unbekannte, Eskapade dieser Buchperson war, etwas, wovon – wenn ich mich nun zum Beispiel abwendete und weiterging, ohne das geringste Interesse für die Sache zu zeigen – niemand erfahren würde. Wenn das Unthematische, das sich der lesekörperstoffliche Wakusch da erlaubte, nur ein Eintrag in seinem autobiographischen Notizblock gewesen wäre, wenn es selber nichts weiter als einen Lesestoff in seinem Romanmanuskript vorgestellt hätte, wäre ich sicher nicht dageblieben, sondern hätte meinen Weg fortgesetzt. Aber das hier war etwas anderes, hier war die Textperson Wakusch damit beschäftigt, im Textweltraum und in der Textweltzeit ihrer eigenen Geschichte etwas Unthematisches, frei von ihr selbst Ausgedachtes, einzurühren. Hier beschränkte sie ihre eigenen Vorstellungen über die Wesen und Dinge in der Text- oder Buchwelt nicht mehr auf ihr lesestoffliches Manuskript, nicht mehr auf ihre eigenen, sozusagen privaten, Notizen zu den textwelt-lichen Phänomenen ihrer Textumwelt, sondern sie trug sie hinaus in diese Welt, verwirklichte sie hier in bestimmten Trans-Aktionen, welche den Buchpersonen (Hauptpersonen und hauptsächlicheren Nebenpersonen) und realen Lesern seiner Geschichte ganz leicht sichtbar werden konnten, ja sogar sichtbar werden mussten, denn der lesekörperstoffliche Wakusch betrieb ja seine unthematischen Aktivitäten in aller Öffentlichkeit. Sie mussten also ganz unvermeid-lich mit dem Thema der Wakuscherzählung kollidieren, in der er hier vorgestellt wurde und gelesen werdend lebte, und sie mussten sich – da keine Buchperson sich gleichzeitig und gleichintensiv mit Thematischem und Unthematischem beschäftigen darf – dann auch nachteilig auf die Erfüllung aller thematischen Verpflichtungen und Aufgaben des Wakusch in dieser Geschichte auswirken. Nun bin ich sicherlich der letzte, um der Buchperson Wakusch irgendwelche Vorschriften zu machen. Womit sich eine Buchperson unthematisch also privat, zum eigenen Zeitvertreib, beschäftigt, ist niemand anderes Sache. Das kann sie ganz allein für sich entscheiden, ein Leser und noch dazu ein künstlicher wie ich, mischt sich da nicht ein. Aber ihre Privatsachen entfalten die Buchpersonen gewöhnlich in den unthematischen, von realen Lesern niemals eingesehenen oder gar besuchten, Hintergründen ihrer Buchweltbezirksgeschichten. Hier jedoch war der lesestoffliche Wakusch gerade im thematischen Vordergrund seiner Erzählung unthematisch wirksam geworden, hier würden die trans- und ciszendenten realen Leser sofort auf jede un- und vielleicht sogar antithematische Schnapsidee aufmerksam werden, welche er so unbesonnen, so vollkommen gleichgültig gegenüber dem Thema seiner Erzählung, aus sich hervorbrachte und praktisch umzusetzen bestrebt war. An das Thema der Wakuschgeschichte, in der sich das alles zutrug, erinnerte ich mich in jenen Augenblicken zwar nicht mehr, daß es aber mit dem, was der lesestoffliche Wakusch da machte, nämlich mit dem Herumschwenken des Polypen Polymat vor der bronzenen Nase der Medea am Badestrand von Pizunda, nichts zu tun haben konnte, war sicher. Dafür sahen mir diese seltsamen Vorbereitungen des buchpersönlichen Wakusch wenige Meter vor mir, am Strand des kolchosischen Badeortes, doch zu irreal, zu sehr auf Inaktuelles (anders kann man die Medea – milde gesagt – ja wohl nicht bezeichnen) ausgerichtet, aus. Derartiges konnte nicht in dem Wakuschmanuskript enthalten sein, an dem der reale Wakusch schrieb, und schon gar nicht in den Entwürfen seiner Erzählungen, die im wesentlichen auf die Probleme unserer Buch- und Realweltgeschichte Bezug nehmen und nicht in mystisch-mythologische Ferne hinaus schweifen. Solches erwägend, fühlte ich mich fast schon berufen, hier zu intervenieren, mich in die un- und vielleicht sogar auch antithematischen Aktivitäten des lesestofflichen Wakusch einzumischen und ihm – in aller Höflichkeit natürlich – zu bedeuten, daß sein privates Experimentieren mit dem Polypen Polymat und der standbildweltlichen Medea in lesestofflich-thematischer Öffentlichkeit bei den anderen Buchpersonen und etwaigen Lesern seiner Erzählung Befremden erregen, jene mit dem surrealistischen Sinn seiner Aktion nur unnötig verwundern und diese in die Flucht treiben könnte. Zwar war der Strand in dem Moment – ich sagte es schon – wegen des windigen Wetters so gut wie leer, aber daß die lesestofflich-thematische Öffentlichkeit dieser Geschichte jetzt Schauplatz von garantiert völlig un- und antithematischen Vorgängen wurde, war gegen jede Regel und wenn es hier niemanden außer mir gab, der den buchpersönlichen Wakusch noch darauf aufmerksam machen konnte, musste ich das eben übernehmen. Das beste würde sein, Wakusch die Mahnung – damit sie ihn schneller erreichte – auf ein Papier zu schreiben, vielleicht in das Buch der Christa Wolf über die Medea, dort auf der ersten leeren Seite, ein paar Sätze zu notieren in der Art: »Achtung, Wakusch! Laß die Medea auf ihrem Sockel in Ruhe und den Polypen sausen! Gezeichnet: Wakusch.« Diese Unterschrift würde der lesekörperstoffliche Wakusch sofort als die seines realpersönlichen (natürlich etwas älteren) Ebenbildes und Autors erkennen und sich dann auch entsprechend verhalten: von beiden, dem Standbild und dem Polypen, Abstand zu nehmen. Dessen war ich mir ganz sicher. Denn erstens sind alle normalen Buchpersonen stets bemüht, direkte Zusammenstöße mit ihren Schöpferautoren zu vermeiden, deren Zorn möglichst nicht auf sich zu ziehen. Und zweitens war ich schon Zeuge eines erregten Streitgesprächs zwischen den beiden Wakuschen geworden, in denen es darum ging, gemeinsam eine thematische Handlungslinie in ihren Erzählungen zu entwerfen. Die Realperson wollte das Sujet dann immer realistisch verlaufen lassen, die Buchperson war dagegen immer darauf aus, es irrealistisch, nämlich bibliobiologisch, zu entwickeln. Hier ist anzumerken, daß in all solchen Disputen die Realperson ihrer Buchperson immer entgegenkam, daß sie ihr stets ein paar Wünsche erfüllte, sich also überreden ließ, in seinem realen Wakuschmanuskript auch dem Thema »Die Buchperson mit ihrem modus vivendi legendi« zunächst etwas und dann sogar immer mehr Platz zu geben.

Die Realperson des Autors Wakusch ist selbst durchaus kein strenger Realist und von den durch ihre eigene Buchperson immer wieder zur Sprache gebrachten bibliobiologischen Metathematizitäten nimmt sie stets gerne etwas auf, was ihr drollig und leseerlebenswert genug zu sein scheint. Doch es muß in realistischen Maßen gehalten sein, es darf sich vor allem nicht zu lange in den von den realen Lesern einsehbaren buchthematisch-öffentlichen Vordergründen der Wakuscherzählungen ausbreiten und dem ganzen dort angelegten Lesestoff einen surreal-phantastischen Anstrich geben. So bekam der Polyp Polymat zum Beispiel die volle Zustimmung des realen Wakusch, weil er in seinen Geschichten immer nur intervallisch auftaucht, den ideologischen Gogelmogel von Land und Leuten auf- und absaugt und dann gleich wieder ebenso geheimnisvoll verschwindet. Ich will hier beiseite lassen, daß sich auch selbst dieses kurze Erscheinen des Polypen biblio-biologisch als völlig unproduktiv erwiesen hat, daß die Mehrzahl der realistisch-realen Leser sich weigert, die Maschine zu billigen und den Wakuschgeschichten aus diesem Grunde, zumindest bis heute, immer noch hartnäckig fernbleibt. Ich will nur sagen, daß der reale Wakusch sich von dem irrealen manchmal auch von dem Lese-Lebenswert irgendeiner buchweltphilosophischen und biblio-biologischen Phantastik überzeugen läßt und ihr bereitwillig einen Absatz oder zwei in seinem realen Wakuschmanuskript einräumt. Aber dort, wo solche metathematischen Auswüchse im themati-schen Vordergrund seiner Erzählungen einen zu großen Stellenwert einnehmen würden, bleibt er knallhart, und ich habe die Buchper-son Wakusch nach manchem völlig erfolglosen Gespräch sehr ent-täuscht und mit entsprechend langem Gesicht abziehen sehen. Die metathematischen Manöver des lesekörperstofflichen Wakusch rund um das Denkmal der Medea waren nun in jeder Hinsicht von einer Art, wie sie dem realen Wakusch mißfallen mussten, nämlich in der vordergründigsten thematischen Öffentlichkeit seiner Er-zählung angelegt und das auch sicherlich auf unbestimmte Dauer, denn wo ein Buch mit im Spiele ist – ich meine jetzt das Buch der Christa Wolf über die Medea –, kann es sich nicht bloß um etwas Flüchtiges handeln. Ich war jetzt natürlich auch sehr neugierig, zu erfahren, was der Beweggrund für dieses Gebaren war, und so ging ich langsam auf den gestikulierenden, den Polypen Polymat telepa-thisch hin- und herdirigierenden, Wakusch zu, entschlossen, heraus-zufinden, was der Sinn des Ganzen war und dann auch sofort einzuschreiten, wenn ich sah, daß sein un-, vielleicht sogar auch anti- und mit Sicherheit metathematisches Vorhaben sich zu etwas ausgestaltete, das dem geordneten Gang aller thematischen Ereignisse in der Wakuscherzählung schädlich werden konnte.

Dann hätte ich es selbstverständlich auch nicht bloß bei einer schriftlichen Mahnung an den Eigensinnigen bewenden lassen, sondern wäre ihm mit meinem ganzen lesertelepathischen Potential dazwischen gefahren. Zwar war es kein reales, bloß ein künstliches, doch immer noch stark genug, um die Buchperson Wakusch in ihren privaten Umtrieben empfindlich zu stören, ihm seine ganzen metathematischen Pläne gründlich durcheinander zu bringen. So konnte ich zum Beispiel die gesamte, hier und jetzt von dem lesekörperstofflichen Wakusch besorgte, Kybernetik des Polypen Polymat ohne weiteres an mich reißen, seine telephatische Befehlsgewalt über den Apparat mit einem Schlage annullieren und den Polypen zum Teufel schicken, d.h. ihn unverzüglich hinter den Meereshorizont der Erzählung verschwinden lassen, ohne daß der irreale Wakusch noch etwas dagegen hätte machen können. War ich nicht von dem realen persönlich ermächtigt worden, den Polypen in seinen Geschichten hin- und herzudirigieren? Schon allein diese Tatsache verlieh meinen telepathischen Anweisungen an den fliegenden Staubsauger viel mehr Wucht, als die Buchperson Wakusch für die Verwirklichung ihrer metathematischen Mätzchen mit dem Polypen jemals aufbringen konnte. Nun war sie mir bei der Steuerung des Apparates allerdings zuvorgekommen und meine Befehle an den Polypen, sofort von der Medea abzudrehen und die Erzählung zu verlassen, waren erfolglos geblieben, was ja nur bedeuten konnte, daß der irreale Wakusch im Augenblick mehr

Power über den Apparat besaß als ich. Das ist richtig. Aber – und das hatte ich vor Ärger über den Polypen, weil er sich von mir nicht kommandieren ließ, völlig vergessen – Tatsache ist auch, daß niemandes kybernetischer Einfluß auf den Polypen zu unterbrechen ist, wenn er gerade ausgeübt wird, die Maschine also schon einer sie von irgendwoher lenkenden Kraft unterstellt ist. Der telepathische Umgang mit dem Polypen Polymat ist äußerst spezifisch: Er steht nicht zur Verfügung, solange jemand anderes sich mit ihm in den Wakuschgeschichten beschäftigt. Hat man ihn allerdings erst mal telepathisch im Griff, so muß jeder andere abwarten (selbst der reale Wakusch), bis man den Polypen wieder freigibt. So also lagen meine Chancen bei dem mit dem Polypen und dem Medeastandbild un- und metathematisch beschäftigten irrealen Wakusch: Ich hatte nur abzuwarten, bis dieser den Apparat aus seinem Gedankengriff entließ, um mich des Vogels zu bemächtigen und ihn aus der Geschichte zu verbannen. Dafür war nur notwendig, den Polypen immer wieder leserwunschmäßig abzutasten, um zu sehen, ob er sich meinem Willen fügte. Wenn der buchpersönliche Wakusch auch nur einen Moment von dem Polypen abließ (und das mußte er ja mal, denn bei jeder Arbeit hat man sein Instrument ab und an auch für ein anderes aus der Hand zu legen), und ich dann für ihn einsprang, war die ganze anti- und metathematische Situation am Meeresstrand für mich und damit auch zugunsten des dortigen Themas entschieden. Dann konnte Wakusch (die Buchperson) den Polypen suchen gehen. Wenigstens in dieser einen Wakuschgeschichte würde er ihn nicht mehr finden.

In der Absicht mit der telepathischen Überwachung des Polypen gleich anzufangen, also auf der Hut zu sein und den Augenblick abzupassen, in dem der lesekörperstoffliche Wakusch von dem Staubsauger abließ, zugleich aber auch sehr interessiert, was denn das Vorhaben dieser Buchperson mit dem Polypen und der Medea konkret bedeuten könnte, begab ich mich noch tiefer in diese Szene hinein, d. h. ich stellte mich in nächster Nähe der Medea auf, an eine Stelle am Strand, von der aus ich die bronzene Dame und den Polypen, der sie noch immer umkreiste, voll im Blick hatte. Dazu brauchte ich nur wenige Schritte zu tun, denn wir standen schon ohnehin ziemlich dicht vor der Strandlinie. Ich muß zugeben, daß ich in jenen Augenblicken die skulptierte Medea eigentlich zum ersten Mal richtig betrachtete. Vorher hatte ich sie kaum bemerkt, sei es, weil die thematische Entwicklung der Wakuschgeschichte, in der ich mich gerade aufhielt, mir keine Zeit mehr zum Betrachten des Standbildes ließ, oder es gab dieses Standbild (das ja erst relativ spät aufgestellt worden ist) als solches noch gar nicht in der Geschichte. Jetzt aber konnte ich – da das Kunstwerk sich nun schon in nächster Nähe zu mir befand und ich ja auch gekommen war, um mich extra mit ihm zu beschäftigen – die Medea unmittelbar auf mich wirken lassen. Sie ist aus dunklem Metall gegossen und frappiert mit ihrem qualvollen Gesichtsausdruck, der hier wohl als herzzerreißende Klage der sagenhaften Königstochter um den abtrünnigen Argonauten Jason gedeutet werden muß. Die schöne mythologische Zauberin mag hier standbildlich vielleicht auch schon in jenem Moment fixiert worden sein, in dem sie den treulosen Herzensbrecher Jason wütend verflucht und der finstere Gedanke, für seinen Verrat blutige Rache zu nehmen, in ihrem Köpfchen (oder »Denkzimmer«, wie die beiden Wakusche sagen würden) zu reifen beginnt. Um so banger wird einem da, wenn der Blick an der aufgebäumten

Frauengestalt niedergleitet und, der zwei kleinen Kindern ansichtig, verharrt, welche sich an die Füße der Mutter schmiegen und in ihrer rührenden Hilflosigkeit schon ein ahnungsvolles Mitleid bei jedem, der die Sage kennt, wecken. Denn wie man ja aus dem Mythos weiß, ermordet die prähistorische Kolchidin in ihrer maßlosen Wut über den untreuen Jason, der sie einfach sitzen ließ und sich mit der Tochter Kreons, des Königs von Korinth, vermählte, die beiden gemeinsamen Knaben. In dem wallenden Saum ihres Gewandes hocken, für sich vielleicht sogar auch schon das Schlimmste befürchtend, diese zwei Pippinos, welche mit weit aufgerissenen Mündchen und Äuglein zu ihrer Mama aufsehen. Das ist die standbildweltliche Situation, in der, von dem lesekörperstofflichen Wakusch dirigiert, nun auch noch der Polyp Polymat umherschwirrte. Er strich jetzt mit seinen Dutzend Saugarmen unaufhörlich über Kopf und Schultern der Figur, sodaß es aussah, als läge die mythische Dame mit ihren oberen Partien in der zärtlichen vielrüsseligen Umarmung des Polypen. Was hatte das zu bedeuten? Aus welchem Grund trieb Wakusch (die Buchperson) den Polypen auf die Skulptur? Das war mir zuerst völlig unbegreiflich. Denn erstens war ja diese Medea etwas Unbeseeltes, während der Polyp doch eigentlich nur mit oder in den Denk- und Sprechzimmern von sowjetisierten Menschenwesen, nämlich von Kolchosbürgern, arbeitete. Zweitens hatte die Medea ihrer Bedeutung nach nicht das Geringste mit der sowjetisch-kolchosischen Kosmologik zu tun, welche als Denk- und Sprechzimmerstoff zu dethematisieren und wenn möglich auch zu nullifizieren, doch die einzige Aufgabe des Polypen in den Wakuscherzählungen ist. Die sagenhafte Kolchidin entstammte aber einem ganz anderen, uralten, prähistorischen, also längst vergangenen und im sowjetischen Pizunda nur zu Zwecken der Dekoration des Küstenlandes durch ihre tragisch-verzweifelte Gestalt mitangesprochenen, Kosmos, der in dem gegenwärtigen politischen und ökonomischen Weltzusammenhang von keinerlei Bedeutung war und folglich auch weder mit Wakusch noch mit dem Polypen Polymat etwas zu tun haben konnte. Ich ließ mir diese ganze sonderbare Sache noch einmal durch den Kopf gehen, ohne den Blick von dem Polypen abzuwenden, der die Medea wirklich wie ein Liebhaber umarmt hatte und ihr mit seiner platten Schnauze irgendwelche Zärtlichkeiten bald in das linke, bald in das rechte Ohr zu flüstern schien. Eigenartig! Wenn die Medea nicht so vollkommen anders wäre, wenn sie nicht aus einem ganz unterschiedlichen Ideenstoff bestünde, hätte man denken können, der Polyp versehe bei ihr einfach seine Staubsaugerarbeit, er sauge da bloß irgendwelche kolchosischen Bedeutungskrusten von dem metallenen Körper der Skulptur, wie er das ja bei allen Naturerscheinungen von Pizunda, bei den Fichtenbäumen, bei dem Kiesbelag des Strandes, bei den Wiesen und Plantagen immer sehr erfolgreich getan hat. Tatsächlich besitzt die Landschaft in dem Badeort ein viel reicheres und sinnenverwirrenderes Farbenspektrum, seit der Polyp Polymat den ideologisch-weltanschaulichen Dunstmantel von ihr herunterzog. Gut! Aber die Medea war keine Naturerscheinung. Bestand sie doch in erster Linie aus einem bestimmten mythologischen Ideenstoff, auf den alle kolchosisch-sowjetischen Denk- und Sprechzimmererzeugnisse allein schon darum keinen Einfluß ausüben können, weil sie realzeitlich viel zu weit auseinanderliegen und außer entfernten typologischen Ähnlichkeiten (der König Aetes und der Argonaute Jason sind zweifellos Mamassachlissis ihrer Zeit und die Medea läßt sich auch als mythische Pipa verstehen) miteinander nichts gemeinsam haben. Müsste die so völlig unterschiedliche Ideensubstanz in dem bronzenen Körper der Medea diese Skulptur gegen alle von dem Smog aus sowjetischen Denk- und Sprechzimmern ausgelösten Zerstörungsprozesse nicht eigentlich immun machen? Stand die Medea gerade wegen ihrer ideenstofflichen Eigenart nicht ganz unberührt und unantastbar in allen Denk- und Sprechzimmern dieses Badeortes? Logisch musste es sich damit gerade so verhalten, aber der Polyp und sein telepathischer Pilot, der lesestoffliche Wakusch, waren hier zweifellos anderer Ansicht. Der fliegende Staubsauger – ich wollte es nicht glauben, aber es ereignete sich gerade so – strich jetzt nämlich mit seinen rüsselartigen Armen immer emsiger auf den runden Formen der Medea herum, sodaß man wirklich denken konnte, eine Reinigung sei hier der Zweck seines Bemühens. Was hatte das zu bedeuten?

Ich sah mich nach Wakusch um und erblickte ihn auf einer Bank, wo er jetzt Platz genommen hatte, das aufgeschlagene Buch der Christa Wolf auf dem Schoß, um wohl darin zu lesen. Da er dabei aber auch immer wieder seinen Blick auf den Polypen bei der Medea richtete, sah es so aus, als ob er sich beim Manövrieren mit dem Polymat von diesem Buch lenken oder mindestens beraten ließ. Was für ein buch- und standbildweltlicher Mischmasch war hier in Vorbereitung? Ich war jetzt sehr neugierig und unruhig geworden. Denn im Unterschied zur Realwelt ist in der Buchwelt alles möglich, das Un-, Anti- und auch Metathematischste kann, wenn die entsprechende buch- oder realpersönliche Phantasie es beschwingt, hier ganz plötzlich Gestalt annehmend, faktisch werden. Ich wollte schon zu Wakusch hingehen, ihm über die Schulter sehen und erfahren, ob und wie das Medea-Buch der Wolf ihm hier als Drehbuch für seine un-, anti- und metathematischen Experimente diente. Ich wollte in dieser Frage endlich Klarheit haben. Aber die Skulptur, die der Polyp immer noch umkreiste, hielt mich weiter gefangen. Ja, der Magnetismus, den sie auf mich ausübte, hatte sich sogar noch grenzenlos verstärkt, denn was mit der mythischen Bronze-Dame jetzt vor sich ging, war unglaublich: Ihre von tragischer Verzweiflung entstellten Züge begannen sich zu glätten, die Falten, welche der qualvoll verzerrte Mund über ihre Wangen warf, verschwanden eine nach der anderen, ihre Augen blickten immer freundlicher und der Kopf, den sie standbildwelturstsprünglich in ohnmächtiger Wut zurückgeworfen hielt, richtete sich auf. Mir wurden die Knie weich, als ich das mit ansah. Ein kaltes Entsetzen kroch in mir hoch und warf mich in Schweiß, denn – o Gott! – auf dem bronzenen Gesicht der altkolchidischen Zauberin ging der Sonne gleich, die sich nach einem stürmischen Wetter wieder am Himmel zeigt, ein Lächeln auf. Ja, die Medea machte schon das freundlichste Gesicht und sah schon ganz sehnsuchtsvoll in die Flugrichtungen des Polypen. Und da dieser sie ja andauernd umflog, musste ich jetzt noch verstört feststellen, daß die Figur sich immer nach dem Polypen Polymat umwandte, sooft er sich in ihrem Rücken befand. Das Standbild hatte also zu leben begonnen. Es bewegte sich jetzt beinahe rhythmisch auf der Stelle hin- und her und schien schon fast auf seinem Sockel zu tanzen. Doch wo waren die Kinder abgeblieben? Wo waren die beiden Kleinen, die sich so verschreckt an die Beine ihrer Mutter geklammert hatten, als sie noch tragisch verzweifelt auf das Meer hinaussah? Ich konnte sie nirgends mehr entdecken. Waren sie geflohen, weil ihnen zu bange war vor dieser

Frau? Hatten sie den Zustandswechsel der Medea und überhaupt die ganze Auflockerung und Belebung ihres metallenen Seins als Gelegenheit genutzt, um sich aus dem Staube zu machen, um sich vor ihrem tödlichen mythischen Thema in Sicherheit zu bringen? Ich sah suchend umher, die zwei Pippinos der prähistorischen Zauberin waren nirgends zu sehen. Sollten sie vielleicht in das Meer gesprungen sein? Aber konnten die Metallenen überhaupt schwimmen? Und wenn sie es konnten (in un-, anti- und metathematisch pervertierender Textwelt ist ja alles möglich), welchen Weg schlugen sie dann ein? Vielleicht den zu ihrem Vater Jason, den sie dann möglicherweise für gütiger hielten als ihre Mama, und von dem sie sich Beistand und Unterstützung in ihrem jungen Leben erhofften? Das alles erschien mir selbst für eine ins zauber- oder märchenhaft umschlagende Textwelt doch höchst unwahrscheinlich, denn die Pippinos der Medea waren erstens noch viel zu klein und zweitens befanden sie sich ja hier nach wie vor in einer Wakuschgeschichte, von der der Sagenweltbezirk der Argonauten unvorstellbar, eben auch sagenhaft, weit entfernt ist. Gab es eine Kraft, die imstande war, diese Standbildweltkinder, den jahrtausendelangen Weg der ganzen Buch- und Realweltgeschichte zurücklegen zu lassen? Gab es sie hier, in dieser Wakuschgeschichte? Das war völlig unvorstellbar. Die zwei Bronzekinder der Medea musste es also immer noch in der Wakuschgeschichte geben. Aber wo waren sie? Ich fühlte jetzt langsam auch Ärger in mir aufsteigen. Wie kam der lesestoffliche Wakusch bloß dazu, ein so hochwertiges Requisit seiner Geschichtsinnenwelt wie die Medeaskulptur auseinanderfallen zu lassen, dieser Figur – was er sicherlich auf eigene Faust, also völlig unerlaubt, unternahm – mit dem Polypen Leben einzublasen, ihr vielleicht gar noch die Möglichkeit zu geben, in seiner Geschichte herumwandernd Unsinniges und Antithematisches anzustellen? War ich jetzt nicht verpflichtet, den Schöpfer-Autor all dieser Geschichtlichkeit, den realen Wakusch also, unverzüglich einzuweihen, damit er hier realpersönlich erschien und seine Geschichte wieder thematisch in Ordnung brachte? Damit er den scheinbar schon außer Rand und Band geratenen lesekörperstofflichen Wakusch zurückpfiff, ehe dessen phantasmagorische Visionen hier Unwiderrufliches erwirkten, ehe sie in der ganzen Semantik völlig unstatthafte und unleserliche Dinge entfesselten? Ja, das hatte ich jetzt sogar unverzüglich zu machen. Ich wollte dieses Vorhaben schon in die Tat umsetzen (mit dem transzendentalen Mobilfunk, der zwischen dem realen Wakusch und mir existiert, wäre das eine Kleinigkeit gewesen: nur ein Knopfdruck auf meinem buchweltlichen Handy war dafür notwendig), als mir plötzlich ein Gedanke kam, der mich diese Absicht erst mal zurückstellen ließ. Was, wenn diese seltsamen Manöver des irrealen (lesestofflichen) Wakusch mit dem Polypen Polymat und der Medeastatue im Schöpfungsplan des realen Wakusch vorgesehen waren? Wenn es den Inhalt der Wakuschgeschichte ausmachte, in der ich mich hier befand? Wenn es text- oder jedenfalls manuskriptthematische Ereignisse waren, die ich hier sah, also Dinge, welche zu unternehmen der reale Wakusch dem irrealen vorschrieb? Wenn selbst meine warnende Mahnung bei unserem realen Verfasser ein Element war, das dieser für die Geschichte, welche er sich hier ausgeklügelt hatte, brauchte, wenn er mich, seinen künstlichen Leser, in dem Sujet, das ihm in dieser Erzählung vorschwebte, als Buchperson mitverwenden wollte?

Diesem realen Schlaukopf war alles zuzutrauen, wenn es darum ging, seine Wakuschgeschichten für Leser attraktiver zu machen; dann würde er sich auch nicht scheuen, diese Geschichten in die absurdesten Metathematizitäten ausarten zu lassen, wenn er nur sicher war, dadurch mehr reale Leseraufmerksamkeit für seine Darstellungen zu bekommen. Da ihm meine ablehnende Haltung gegenüber solchen aus den Fingern gesogenen und billigen Effekten wohl bekannt war, und da er auch genau wußte, daß ich nicht wünschte, bei ihm als Buchperson aufzutreten und noch dazu in derart skurrilen Kontexten, wie es die Verlebendigung des Medeastandbildes in Pizunda doch nur war, konnte er mich auch als nichtsahnenden, völlig unwissenden, künstlichen Lesergeist in seine thematischen Entwürfe hineinlocken und dort als Buchperson festschreiben. Ich bekam eine Gänsehaut, als ich mir das vorstellte. Nein! Wenn das eine Falle war, die mir der reale Wakusch hier stellte, wollte ich da nicht hineintappen, mich um keinen Preis für einen metathematischen Humbug verwenden lassen, der, außer daß er mich nur in die scheußlichste der Lese-Lebenslagen versetzen würde, auch noch die letzten realen Leser aus dem Lesestoff vertreiben mußte.

Was für mich jetzt nur noch in Frage kam, war den Absichten der beiden Wakusche entgegenzuwirken, ihre Realisierung zu vereiteln oder mindestens beträchtlich zu erschweren. Das musste die beiden natürlich mächtig ärgern. Aber als künstlicher Leser, der für die Lese-Lebenserhaltung der Textwelt, der er zugeteilt wurde, verantwortlich ist, befand ich es für unmöglich, anders zu handeln. Ich beschloss, etwas zu tun, was ich sonst nur selten mache, nur wenn ein absoluter Ausnahmefall vorliegt. Ich entschied mich der Textweltperson Wakusch sichtbar zu machen und ein ernstes Wort mit ihm zu reden. In den Wakuschgeschichten war ich als ihr wahrnehmbarer künstlicher Leser bisher nur drei Mal erschienen, dann auch immer bloß den absoluten Neben- oder Hintergrundpersonen dieser Geschichten. Und jedes Mal war ich dazu gezwungen gewesen, weil diese Personen sich massenhafte und darum um so bedenklichere Grenzüberschreitungen zuschulden kommen ließen. Sie waren nämlich in Massen aus ihren unthematischen Hintergründen der Wakuschgeschichten hervorgewandert und hatten sich in den semantischen Vordergründen dieser Geschichten, also in den bibliobiologischen Räumen, wo sich nur die buchthematischen Hauptpersonen und ihre Leser aufhalten dürfen, breit gemacht. Wer die strengen Lese-Lebensregeln der Buchwelt kennt, weiß wie gefährlich, ja richtig lese-lebensgefährlich, solche Überschreitungen für alle Buchpersonen (egal, ob Haupt- oder Nebenpersonen) sind. Dort wo sie vorkommen, muss der buchthematische Entwicklungsgang der Geschichte (der Novelle, des Romans oder was es auch immer ist) unübersichtlich werden, ja diese Entwicklungslinie kann sich dann in den Buchpersonenmassen überhaupt verlieren und nichts ist für Leser abschreckender als das. Sie lassen das Lesen sofort sein, wenn sie merken, daß die Bewegung in ihrem Lesestoff plötzlich richtungslos geworden ist, weil zu viel Zufälliges sich in sie hineingemischt hat. Solche Überflutungen der thematischen Vordergründe von Buchweltbezirken durch ihre thematisch absolut nebensächlichen Hintergrundpersonen sind immer dann zu erwarten, wenn die Buchbezirke sehr schwach bis gar nicht mehr gelesen werden und der faktische Stillstand der Geschichte die Grenzen zwischen ihren Vorder- und Hintergründen verwischt. Weil in der semantischen Landschaft dann alles gleich bedeutungslos aussieht, fühlen sich die absoluten Nebenpersonen versucht, überallhin auszuschwärmen, sodaß ihnen nicht einmal ein Vorwurf daraus zu machen ist. Gerade das war in den Wakuschgeschichten mehrmals geschehen und immer hat mein rechtzeitiges Auftauchen die Situation wieder geradebiegen können. Ich hatte mich sichtbar gemacht und war vor die absoluten Hintergrundpersonen getreten mit der höflich aber appellierend genug formulierten Aufforderung, wieder in ihre Hintergründe zurückzugehen, sie befänden sich im Vordergrund der Wakuschgeschichte, also dort, wo sie thematisch gar nicht hingehörten und weil das für die ganze Semantik der Geschichte, für alle ihre Haupt- und Nebenpersonen gleich gefährlich, lese-lebensgefährlich, sei, wäre jetzt nichts notwendiger, als daß sie wieder verschwänden und zwar auf der Stelle, weil diese Gegend eine von Lesern häufig besuchte sei, wo die Anwesenheit thematisch nicht geforderter Personen, und noch dazu so vieler, nur Verwirrung stiften und den ganzen Lese-Lebensprozess ernstlich gefährden könne. Ich will mich hier nicht brüsten, wenn ich sage, daß mein Auftauchen und meine derartigen Reden immer genügt haben, jede Menge absoluter Hintergrundpersonen der Wakuschgeschichten unverzüglich zu ihrem verständnisvollgehorsamen und stummen Abzug aus den thematischen Vordergründen dieser Geschichten zu veranlassen. In keinem dieser Fälle war nötig gewesen, daß ich mich den Hintergrundpersonen persönlich vorstellte, daß ich ihnen einleitend erläuterte, wer ich bin und was mir das Recht gibt, so autoritär mit ihnen zu reden. Ich glaube deshalb, daß die Buchpersonen (Haupt- wie auch Nebenpersonen) ein untrügliches Gespür für Leser haben, besonders wenn es wie ich ein künstlicher ist, der ausgedacht und berufen wurde, für ihre Lese-Lebenserhaltung zu sorgen. Außerdem meine ich auch, daß mein Aussehen die Buchpersonen – wenn sie meiner ansichtig werden – sofort ahnungs- und respektvoll werden läßt, daß sie dann gleich wissen, mit wem sie es zu tun haben, nämlich mit jemandem, der für ihr In-der-Buchwelt-Sein mitverantwortlich ist. Mein Äußeres, besonders mein Gesicht, ist schwer zu beschreiben. Beides ist – wie das Personalpronomen Ich – völlig unbestimmt und zugleich von der denkbar allergrößten Bestimmtheit (wie eben jedes Ich in jedem, sei er Buch- oder Realperson, existiert). Es ist auch bestimmt diese Dialektik meiner Erscheinungsweise, die die Buchpersonen immer sehr stark beeindruckt, die sie vielleicht erkennen läßt, daß ein bibliobiologisch höherer Geist zu ihnen spricht, mit dem sie es sich nicht verderben dürfen.

Ich wollte also in aller Sichtbarkeit an Wakusch herantreten und ihn mit einem ernsten Wort anmahnen, mit seinen Metathematizitäten nicht zu weit zu gehen. Ich wollte ihm vorhalten, wie leselebensgefährlich es für ihn war, mit dem Polypen und der Medea so verantwortungslos herumzuspielen. »Ja, mit allem Lesekörperstoff läßt sich das Phantastischste anstellen«, wollte ich ihm sagen. »Du kannst ihn kneten, wie du willst, kannst ihm Leben einblasen und ihn dann alles machen und sagen lassen, was dir als Buchperson in den Kopf kommt. Ja, das ist immer möglich. Und ich sage dir hier auch nicht, daß du so was überhaupt nicht machen darfst. Wie stark es Buchpersonen, die ihren Lese-Lebtag nur mit Buchthematischem zubringen müssen, zu allem Un-, Meta- und sogar Antithematischen zieht, weiß niemand besser als ich, der künstliche Leser des gesamten Wakuschwerkes. Aber man darf die Sache nicht übertreiben, wie du es hier tust. Man darf ihr nicht am hell-lichten buchthematischen Tage im Vordergrund seiner Geschichte nachgehen, als ob sie zu den buchthematischen Besorgungen gehörte, die man als gelesen werdende Buchperson vor seinen Lesern zu erledigen hat. Denn daß diese nichts so sehr verärgert wie alles zufällige Un-, Anti-und Metathematische in ihrer Lektüre, dürfte dir, lieber Wakusch, schon längst bekannt sein. Mit dem, was du hier tust, wirst du nur deine Leser vergraulen, wenn sich solche bei dir hier überhaupt noch einfinden sollten. Damit sägst du also faktisch bloß den Ast ab, auf dem du selber sitzt. Es ist daher meine energische Bitte, daß diese Mätzchen mit dem Polypen und der Medea unverzüglich aufhören. Wenn du es nicht lassen kannst, wenn dich irgendeine fixe Idee zwingt, hier Unsinniges anzustellen, dann tue es wenigstens in einer leserfreien Zeit und in einem leserfreien Raum. Das wäre hier so um Mitternacht, wenn das Sujet ruht. So weit ich weiß, laufen die Sujets der Wakuschgeschichten grundsätzlich nur bei Tage. Komm also, wenn es schon unbedingt sein muß, zur Geisterstunde hierher und mache, was du willst! Aber tagsüber hat hier alles thematisch auszusehen, darf hier nichts un-, meta- oder gar antithematisch aus der Reihe tanzen. Ist das klar?« So ungefähr wollte ich mit dem lesekörperstofflichen Wakusch begegnen und war auch fest überzeugt, daß er auf mich hören würde. Gesehen hatte mich dieser Wakusch bis jetzt zwar noch nie, aber die große bibliobiologische Intuition, die er fraglos besaß, würde ihn meine Person in ihrer ganzen Bedeutung schon gleich und ausreichend genug erkennen lassen. Dann mußten ihm sein klares buchpersönliches Selbstbewußtsein und der mit diesem Sein verwurzelte Selbsterhaltungstrieb schon raten, meinen Vorschlag anzunehmen und alles, was er sich hier mit der Medea ausgedacht hatte, in einen neutralen Zeitraum zu verlegen.

Nach diesen Überlegungen wollte ich schon zu Wakusch herantreten. Aber dann zögerte ich doch, denn war es eigentlich nicht besser, wenn ich wissend, was er mit der Medea im Schilde führte, bei ihm erschien? Wenn mir zumindest schon etwas über den Zweck seiner Anstrengungen mit dem Polypen und dem Standbild bekannt war? Dann konnte ich noch nachdrücklicher mit ihm reden und ihn dazu bewegen von seinem dummen Bubenstreich abzusehen (daß seine telepathischen Manipulationen des Polypen und der Medeafigur etwas anderes bedeuten könnten, schloß ich aus). Und in der Tat: Was wollte Wakusch mit der beseelten Medea am Strand von Pizunda beweisen? Und wie sollte dieser Scherz weiter-, beziehungsweise ausgehen? Würde Wakusch den Polypen dann wieder abberufen und das Medeaweib in den stummen und starren Metallberg zurückverwandeln, der es bis vor wenigen Minuten hier noch gewesen war? Oder würde er, die Belebung konsequent zu Ende führend, das archaische Geschöpf von seinem Postament herabsteigen lassen und unter die Buchpersonen seiner Erzählung mischen? Ich blickte wieder auf die sich tänzerisch drehende und windende Medea, die – so sah es wenigstens aus – jeden Augenblick von ihrem Postament herunterspringen konnte. Aber das geschah nicht. Die Medea blieb, wo sie war. Nur ihre Haltung, welche ja ursprünglich die verzweifelteste und klagendste war, hatte sich geändert. Sie stand nun hoch aufgerichtet da und hielt ihre vollen schönen Arme in Kopfhöhe wie zum Lekuri-Tanz ausgestreckt. Der Polyp Polymat umschnurrte sie immer noch. Er hatte sich jetzt aber etwas tiefer gesenkt und alle seine Rüssel um die Taille der vorgeschichtlichen, also uralten, aber standbildlich sehr jungen und schönen, Zauberin geworfen. Meine Spannung stieg. Denn für den Lekuri, der sich nur auf großen Tanzzimmerflächen tanzen läßt, war der Sokkel der Medea zu klein. Wenn es wirklich ihre Absicht war (oder genauer gesagt: wenn es die Buchperson Wakusch hinter mir wirklich wollte), im zierlichen Trippelschritt des Lekuri hin- und herzugleiten, mußte sie jetzt ihren Sockel verlassen und den Strand begehen. Bedeuteten die zwölf Arme des Polypen um ihren Hüften vielleicht, daß der Apparat die bronzene Frau in das Innere der Wakuscherzählung hineinziehen sollte? Nein, denn die Riesin rekelte und streckte sich bloß wie nach langem Schlaf. Vielleicht wollte sie den Bronzeblutkreislauf in ihren Gliedern nach so langem unbeweglichen Stehen wieder besser zum Kreisen bringen. Was hatte das alles zu bedeuten? Vielleicht etwas unwiderruflich Antithematisches in dieser Wakuschgeschichte? Vielleicht sollte man es doch lieber nicht so weit kommen lassen und der ganzen unbotmäßigen Performance einen Riegel vorschieben. Ja, das war wohl das Beste und so nahm ich dann endlich doch meine äußerliche Gestalt an und ging, schnell ausschreitend, auf den lesestofflichen Wakusch zu. Er mußte mich kommen gesehen haben (denn wir hatten ja nicht sehr weit voneinander entfernt gestanden), aber als ich dicht vor ihm stehen blieb, sah er nicht einmal zu mir her. Das hatte ich, offen gesagt, nicht von ihm erwartet und es verletzte mich nicht wenig. Die absoluten Hintergrundpersonen waren, wenn immer ich vor ihnen auftauchte, stets im Bann meiner künstlichen Leserperson gestanden. Sie hatten mich nicht nur gleich bemerkt, sondern waren mir auch immer neugierig entgegengekommen, um schneller zu erfahren, was ich von ihnen wollte.

»Guten Tag, Wakusch!«, sagte ich (denn daß er selber nicht anfangen würde, mit mir zu sprechen, war mir gleich klar geworden).

»Ich habe mit dir zu reden. Sofort. Wirst du, bitte, so freundlich sein und mir zuhören? Es ist sehr wichtig.« (Eigentlich hatte ich ihn sanfter anreden wollen, aber es rutschte mir so befehlerisch heraus und war nicht mehr zu ändern).

Auf meine Worte erfolgte zuerst ein mal gar nichts. Er sah unentwegt an mir vorbei in Richtung des Polypen Polymat und der Medea, und es war ganz so, als ob er mich gar nicht gehört hätte. Sein Ignorieren irritierte mich. Ich fühlte Wut auf diesen Eigensinnigen in mir aufsteigen, die ich aber gleich niederrang, denn dies war sicher keine Situation, in der man seinen Gefühlen freien Lauf lassen sollte.

»Was du hier treibst, ist nicht dazu angetan, deine Geschichte lesenswerter zu machen«, sagte ich in strengem Ton. »Es kann sie lese-lebensmäßig nur entwerten und du weißt, was das heißt: die Leserschwindsucht in deinem Lesekörperstoff. Ich muß dich deshalb nachdrücklichst auffordern, diesen Unsinn einzustellen. Jetzt gleich!«

Aber der Lesekörperstoffliche reagierte überhaupt nicht auf diese schon mehr als eindeutig formulierten Worte und fuhr mit seiner telepathischen Beschäftigung (mit seinen stummen Befehlen an den Polypen Poymat oder vielleicht sogar an die Medea) fort, ohne mich auch nur anzusehen.

»Ich bin dein Leser, Mann!«, murmelte ich leise, jedoch aufgebracht. »Wenn du das bis jetzt noch nicht begriffen hast, so weißt du's jetzt.«

Der irreale Wakusch zeigte sich aber auch davon nicht im mindesten beeindruckt und tat weiter so, als ob es mich gar nicht geben würde. So verging ein Weilchen, in dem ich mit ohnmächtigem

Grimm Wakuschs völlige Gleichgültigkeit für meine künstliche Leserperson zur Kenntnis nehmen musste. Dann ergab sich plötzlich die Möglichkeit, mich störend bei ihm einzumischen. Diese nutzte ich natürlich auch sofort, was unsere Situation erheblich veränderte.

Wakuschs Aufmerksamkeit schwankte nämlich zwischen dem Polypen und der Medea hin- und her. Ich merkte das an der Bewegung seiner Augen, die er abwechselnd auf den Apparat und das Standbild gerichtet hielt. Wie ich den Augenblick erriet, in dem Wakusch sich auf die Medea fixierte, weiß ich bis heute nicht. Ich erriet ihn eben. Und das genügte mir schon vollkommen, um den Polypen telepathisch zu übernehmen und mit einem knappen Kommando fortzujagen (ihn auf das Meer hinaus und dann bis an den Horizont und weiter zu schicken).

Der Apparat war also plötzlich verschwunden und Wakusch seines Instrumentes beraubt, mit dem er bisher so phantastisch (so vivifizierend) auf die Medea eingewirkt hatte. Ich hatte seine Arbeit mit dem Standbild gestoppt, paralysiert, lahm gelegt. Jetzt war es aus damit, denn daß Wakusch seine Befehle direkt an die Medea hätte richten und sie ohne Hilfe des Polypen zu weiterem Phantastischen und Antithematischen hätte veranlassen können, war nicht zu befürchten. Das hatte ich, ohne genauer zu wissen warum, intuitiv begriffen und deshalb betrachtete ich jetzt fast schon mit Vergnügen, das immer länger werdende Gesicht des lesekörperstofflichen Wakuschs, ja, ich weidete mich sogar daran, weil er wegen seines verletzenden Verhaltens mir gegenüber diese Strafe nach meiner Ansicht vollauf verdiente.

So standen wir einige Augenblicke stumm nebeneinander. Er

– perplex und wie mir schien auch ganz ratlos, ich – zunächst einmal zufrieden, allerdings auch neugierig, wie sich Wakusch jetzt weiter aufführen würde.

»Mein Leser sind Sie bestimmt nicht«, brach er dann das Schweigen, mich unzufrieden aus den Augenwinkeln musternd. »Der können Sie gar nicht sein. Mich liest keine reale Menschenseele.«

»Wie lebst du dann hier, sogar Un- und Antithematisches betreibend?«, fragte ich skeptisch zurück. »Das kann keine Buchperson, wenn sie nicht gelesen werdend belebt und beseelt würde. Und um gar solchen antithematischen Unfug anzustellen wie du hier mit der Medea und dem Polypen Polymat, braucht man als Buchperson schon eine gehörige Portion Lese-Lebensenergie in seinem lesekörperstofflich-organischen Speicher. Erzähle also keine Märchen! Du wirst gelesen und du weißt das.«

Nach diesen Worten verfinsterte sich das Gesicht Wakuschs noch um ein paar Grade und er sagte: »Meine Geschichte spielt an diesem Strand. Auf der ganzen Küstenlinie ist bei uns schon seit Buchweltjahren kein einziger realer Leser mehr gesichtet worden. Wenn ein realer Lesergeist unter uns weilt, merken wir das gleich. Dann setzen wir uns zu ihm wie an einen warmen Ofen, umgeben ihn scharenweise, um uns von seiner realen Intentionalität bestrahlen zu lassen und möglichst viel davon zu speichern. Aber wie gesagt, so was hat es schon lange nicht mehr gegeben. Und daß mit Ihrem Auftauchen hier endlich mal wieder ein realer Leserbesuch stattgefunden hätte, ist auch nicht wahr. Denn eine reale Ausstrahlung haben Sie nicht. Ich merke jedenfalls nichts davon und allen Leuten in meiner Geschichte ergeht es ganz offenkundig ebenso. Wenn es sich anders verhielte, hätte man Sie hier längst zur

Kenntnis genommen und wir steckten jetzt in einer dichten buchweltlichen Menschenmenge. Das ist aber nicht der Fall. Also ...?« Der lesestoffliche Wakusch beendete – weil ja sonnenklar war, was er sagen wollte – seine Überlegung nicht und ließ die Frage ungefragt in der Luft schweben.

»Das ist eine viel zu selbstsichere Behauptung«, korrigierte ich ihn kopfschüttelnd. »Wie kannst du wissen, daß man nicht aus der realweltlichen Transzendenz hier zu dir hereinsieht und dich von dort her liest? Daß man dir und dem Affentheater, das du mit dem Polypen und der Medea hier anstellst, nicht schon lange von dort zusieht?«, wollte ich von ihm wissen.

»Wenn das so wäre,« entgegnete mir der lesekörperstoffliche Wakusch ganz ungerührt, »wenn wir hier wirklich einen transzendenten realen Leser hätten, so wäre der schon längst zu uns herunter und hierher gekommen; er hätte sich in einen ciszendenten realen Leser verwandelt, um genauer zu sehen, was mein Experiment mit dem Standbild zu bedeuten hat. Denn was ich hier mache, sieht man in der Buchwelt nicht alle Tage. Aber davon abgesehen ...«

»Was du hier machst«, unterbrach ich ihn, »würde man als realer Leser sofort als einen unbotmäßigen Unfug empfinden und entsprechend reagieren, man würde deine Geschichte albern nennen, sie weglegen und keinen Gedanken mehr daran verschwenden.«

»Abgesehen davon«, fuhr der lesekörperstoffliche Wakusch unbeeindruckt fort, »könnte ein transzendenter realer Leser mich und alles, was ich mit dem Polypen und dem Standbild mache, gar nicht wahrnehmen, denn dieser Abschnitt des Strandes und die jetzige

Uhrzeit sind vollkommen unthematisch, also außerhalb der thematischen Sichtweite aller Leser, seien diese trans- oder ciszendente, liegend. Wie Sie sehen, besteht gar kein Grund zur Aufregung, denn reale Leser können nicht erfahren, was hier vor sich geht.«

»Was hier vor sich ging, wolltest du sagen«, verbesserte ich ihn. »Denn es ist ja vorbei und kommt nicht wieder.«

»Nein!«, beharrte er trotzig, »Nichts ist vorbei. Oder werden Sie das Standbild etwa in dem Zustand belassen, in dem es sich jetzt befindet? Blicken Sie mal hin und sagen Sie selbst, ob das möglich ist!«

Ich wandte mich nach dem Standbild um und fuhr bei dem Anblick erschrocken zusammen: die Medea hockte wie ein Häuflein Elend auf ihrem Sockel, geduckt, wie von einer unsichtbaren riesigen Geisterhand niedergedrückt, ihr wallendes Gewand hing von dem Postament herab, zur Hälfte in die Brandung getaucht, den üppigen Körper der Zauberin ganz unbedeckt allen Blicken preisgebend. Sie hielt ihr Gesicht in ihren über den Knien verschränkten Armen verborgen und schien wieder völlig erstarrt, ihrer metallenen Leblosigkeit zurückgegeben, zu sein. Von ihren zwei kleinen Kinder fehlte nach wie vor jede Spur. Ein skandalöses Bild! Der lesestoffliche Wakusch hatte recht. In diesem faktisch völlig umgekrempelten Zustand durfte das Standbild nicht bleiben. Und niemand anders als der lesestoffliche Wakusch hatte es wieder zurechtzurücken, wieder so aufzustellen, wie es gewesen war. Ich wollte gerade etwas dazu sagen, da kam der Lesestoffliche mir zuvor und erklärte: »Natürlich bringe ich die Medea wieder in Ordnung. Aber dafür müssen Sie mir wieder den Polypen heranholen. Er ist mein Instrument. Ich kann nur über ihn auf die Statue einwirken.«

Ich blickte ihn prüfend an. Irgendwie war mir, als ob er nur den Polypen wiederhaben wollte, um mit seinem antithematischen Unfug fortzufahren. Wenn er den Apparat zurückerhielt, blieb mir nur übrig, zuzusehen, wie er das Standbild weiter auseinandernahm. Verhindern konnte ich dann nichts mehr, solange Wakusch hier mit dem Polypen herumschwenkte. Möglich war auch, daß er den Polypen Polymat auf mich ansetzen, mich von ihm angreifen und aus seiner Geschichte vertreiben könnte. In praxi war so etwas noch nie passiert, der Polyp war in den Wakuscherzählungen bisher immer nur als Mittel gegen den ideologischen Gogelmogel der Sowjets verwendet worden, den er von ihrer Atmosphäre wirklich wunderbar abzusaugen vermochte. Er hatte immer nur als Vehikel für die Ideenmüllabfuhr gedient und niemandem war es auch nur in den Kopf gekommen, ihn gegen Leute (Buch- oder Realpersonen) anzuwenden. Wenn man aber genauer darüber nachdachte – und das tat ich ja jetzt nolens volens –, mußte man zugeben, daß die Maschine auch in einem aggressiven Sinne, also als Waffe, von jedem, der sie so gebrauchen wollte, ohne weiteres zu verwenden war. Wenn man sie zum Beispiel im Sturz- oder Tiefflug gegen eine Buchperson antrieb, so blieb dieser sicher nichts anderes übrig als schleunigst Reißaus zu nehmen, um nicht umgerissen und verletzt zu werden. Ja, solch eine feindliche Annäherung des Polypen Polymat mußte für eine Buchperson – da sie sich ja nur im für sie Thematischen, Unthematischen und Metathematischen wohlfühlen kann, das für sie Antithematische überhaupt nicht verträgt –, die unangenehmste der Erfahrungen sein. Ebenso konnte eine Realperson, ein ciszendenter realer Leser also, der in den Wakuscherzählungen spazierte (auch wenn es solche dort schon lange nicht mehr gab, aber nehmen wir das mal beispielsweise an), durch den gegen ihn angesetzten Polypen in die ärgste Bedrängnis geraten: In den Textweltbezirken sind nämlich solche Leser gegen alles Antithematische ebenso empfindlich wie die Buch- oder Textweltpersonen, vielleicht sogar empfindlicher noch, weil sie ja der Antithematizität dann direkt (in der Textweltwirklichkeit) ausgesetzt sind, sie also dort als unmittelbare Bedrohung für ihre Lesergeistererscheinung aufnehmen müssen. Daß sie sich ihr dann auch nur durch eine panikartige Flucht entziehen können, läßt keine Zweifel offen. Denn den aggressiven Polypen einfach wegdenken könnten sie nicht, weil er dann ja von jemand anderem auf sie angesetzt ist, eine andere Intelligenz ihn als Waffe gegen sie benutzt. Als künstlicher Leser beim realen Wakusch bin ich eine halbe Real- und halbe Buchperson, also weder richtig das eine noch das andere, beides nur teilweise, eine mehr irreale Zwittererscheinung (eine Realperson ist man entweder ganz oder man ist keine. Das Reale an mir ist nur etwas rein Funktionales, sofern ich ja berufen bin, den realen Leser zu ersetzen und das aber wiederum nur relativ, denn an die Lese-Belebungskünste von realen Lesern reichen meine um so viel bescheideneren Fähigkeiten natürlich nicht heran). Aber gerade für so Mischprodukte wie mich konnte die Bedrohung durch den Polypen Polymat doppelt so stark sein, ich mußte mich sowohl als Buch- als auch Realperson als gefährdet und bedrängt erachten. Das war bestimmt nicht die beste Aussicht und so mochte es vielleicht ratsamer sein, mir den lesestofflichen Wakusch erst mal ohne den Polypen Polymat vorzunehmen.

»Das Standbild wirst du mir wieder in Ordnung bringen«, sagte ich darum in strengem Ton. »Oder ich werde es tun. Je nachdem, wie unser Gespräch jetzt verläuft. Wenn ich sehe, daß du deinen Fehler bereust, daß du begreifst, was für einen antithematischen Unsinn du dir hier erlaubt hast, wie gefährlich er für deine ganze Semantik ist, und wenn du schwörst, dergleichen in Zukunft zu unterlassen. Wenn du jetzt aber trotzig wirst, von deinem Vorhaben mit dem Standbild nicht ablassen willst, oder wenn ich merke, daß du flunkerst und nur darauf wartest, den Polypen wieder unter Kontrolle zu bekommen, um dann mit deinem unverantwortbaren Verhalten fortzufahren, kriegst du den Apparat nicht mehr in die Hand, und dann bin ich es, der die Skulptur wieder geradebiegt. Und glaube nicht, daß du mir etwas verbergen könntest! Du bestreitest zwar, daß ich dein Leser bin, aber ich bin es. Wenn du hier überhaupt am Lese-Leben bist, dann nur durch mich. So! Und nun sage mir erst mal, was du mit der Medea vorhattest! Ich muss es wissen.«

Wakusch hatte mir spöttisch lächelnd zugehört und entgegnete mir, als ich geendet hatte: »Ich frage mich nur, wen ich in Ihrer Person vor mir habe. Mein realer Verfasser sind Sie garantiert nicht. Denn was ich in seinen Wakuschgeschichten unthematisch treibe, hat ihn – wie höchstwahrscheinlich jeden normalen Verfasser – niemals interessiert. Ein realer Leser können Sie nicht sein, denn Sie waren fähig, mir den Polypen wegzunehmen. Das kann kein realer Leser. Dazu bedarf es einer engen, metathematischen Verbundenheit mit dem Lese-Lebestoff der Wakuschgeschichten, welche reale Leser niemals haben können. Außerdem sind wir hier auf einem völlig unthematischen Strandabschnitt meiner Erzählung, wo Leser gewöhnlich nicht hingeraten und dann ist die Uhrzeit auch noch eine völlig unthematische, also keine Leserbesuchszeit. Wer sind Sie überhaupt?«

Ich überlegte schnell, was ihm jetzt zu erwidern war. Mich weiter verärgert zeigen, wettern, drohen, versuchen, diesen Lesekörperstofflichen einzuschüchtern, all das würde nichts bringen. Was würde ihn zum Beispiel hindern, mich – wenn ihm unsere Auseinandersetzung nicht mehr gefiel – einfach stehen zu lassen und seiner Wege zu gehen? Gar nichts. Als nur künstlicher Leser seiner Geschichte konnte ich ihn nicht festhalten, ihm meinen Willen aufzwingen, erwirken, daß er blieb, mir weiter zuhörte und tat, was ich von ihm verlangte. Ein realer Leser ist zumindest immer imstande, die Buchperson in ihrer Geschichte anzuhalten, solange es ihr beliebt (wenn er sie zum Beispiel nicht weiterliest und es vorzieht, die Person in einer bestimmten buchthematischen Situation zu fixieren und sie sich da eine Zeitlang vorzustellen). Diese reale Kraft, dem Fluß der thematischen oder unthematischen Augenblicke in einer Wakuscherzählung Einhalt zu gebieten, besaß ich nicht. Ja, gewiß: Ich konnte durch meine bloße Erscheinung auf die Buchpersonen einen großen Eindruck machen und – ich sprach hier bereits davon – sie sogar dazu bringen, meinen Anweisungen Folge zu leisten. Aber wenn die Buchperson sich mir gegenüber abweisend verhielt, wenn sie partout nichts mit mir zu tun haben wollte – und gerade so ein negatives Verhalten war von dem lesestofflichen Wakusch hier zweifelsohne zu erwarten –, würde ich nichts daran ändern können. Er hätte mir damit seine Überlegenheit bewiesen und das war für mich, für mein Auftreten in Sachen der Medea, wie auch überhaupt als Agent der Lese-Lebensversicherung in den Wakuschgeschichten bestimmt nicht vorteilhaft. Nein, das Ratsamste für mich war jetzt, den lesestofflichen Wakusch irgendwie in ein Gespräch zu verwickeln, das mir Aufschlüsse über seine freizeitlich-unthematischen

Beschäftigungen mit der Medea-Skulptur und dem Polypen Polymat gab. Das würde sich vielleicht bewerkstelligen lassen, wenn ich mein Inkognito lüftete und dem Lesestofflichen sagte, wer ich war und was ich für ihn bedeutete.

»Ich bin aber doch dein Leser«, wiederholte ich deshalb noch einmal sehr nachdrücklich. »Allerdings kein echter, sondern nur ein künstlicher, von dem realen Wakusch, deinem Verfasser, ausgedachter und eigens in deine Geschichten bestellter, um dich und alle anderen hier am Lesen und Leben zu erhalten, so gut das eben ein einziger und obendrein noch künstlicher Leser machen kann. Wenn du hier noch einigermaßen leben kannst – und das tust du ja, denn anders wärst du nicht imstande, mit dem Polypen Polymat und dem Medeastandbild deine antithematischen, also ungehörigen, Späße zu treiben –, so hast du das allein mir zu verdanken. Denn reale Leser kommen, wie du ja auch selber schon begriffen hast, hier nicht mehr her. Jetzt weißt du, wen du vor dir hast, benimm' dich gefälligst entsprechend. Es würde mir nämlich gar nichts ausmachen, dir für deine Frechheiten mal ein bißchen die Leseluft abzudrehen. Du wärst dann auch nicht die erste Buchperson, die sich nach solcher, gelinde gesagt, schroffen Behandlung meinerseits entschlossen hätte, alle Dummheiten zu vergessen und bei den Thematizitäten ihrer Geschichte zu bleiben.«

Wakusch hatte mir diesmal aufmerksam zugehört und auch mehrmals prüfend zu mir hergesehen. »Mein künstlicher Leser sind Sie also?«, sagte er als ich ausgeredet hatte. »Ja, das könnte stimmen. Wenn ich mir überlege, wie kläglich wir alle hier dahinvegetieren, ohne jegliche Lese-Lebensfreude, ohne alle Lese-Lebenslust, so könnte das wirklich wahr sein. Warum hat der reale Wakusch nicht mehr Leser wie Sie hier hineingeschickt. Es bräuchte 100 oder mehr solcher künstlichen Ersatzleser, um uns wieder auf Touren zu bringen. Nur einer bringt es nicht«, fügte er spöttisch hinzu.

»Ein künstlicher Leser will auch gelesen sein«, knurrte ich (wütend, mich mit dem lesestofflichen Wakusch in ein bibliobiologisch-theoretisches Gespräch verwickelt zu sehen, anstatt – was doch eigentlich nur meine Absicht war – mit ihm über seine antithematischen Faxen mit der Medeaskulptur zu sprechen). »Ich meine, so ein Leser braucht ja auch reale Vorstellungsenergien zum Leben und die kann er – weil er selber nicht und nie gelesen wird – nur von seinem Autor beziehen, der ihn erdacht hat und dem er dient, dessen Schöpfung er hilft, sich über Wasser zu halten, solange die echten realen Leser dort ausbleiben. Für reale Autoren ist es nicht leicht, sich einen – ich spreche nur von einem! – künstlichen Leser zu halten. Das ist sehr anstrengend, besonders wenn man als Verfasser noch an anderen Sachen schreiben muss. Da reicht die reale Einbildungskraft gerade mal knapp für einen Ersatzleser und du willst 150 haben? Na, hör mal!« Der lesestoffliche Wakusch grinste – wie mir schien – ein klein wenig verständnisvoll bei meinen Worten und ich fuhr fort: »Sag mir nur nicht, du würdest hier dahinvegetieren! Da flunkerst du. Wer sich so komplizierte Manöver mit einem Apparat wie dem Polyp Polymat und einer Skulptur, wie die Medea eine ist, ausdenken und sie auch praktisch durchführen kann, dem geht es als Buchperson noch gut, ja, zu gut, würde ich sogar sagen. Der hat noch genügend Kraft, um allen unerlaubten, antithematischen Unfug anzustellen. Das Paradoxale daran ist, daß du diese Energie von mir, deinem künstlichen Lese-Lebensretter, beziehst und sie für solche Dummheiten ausgibst. Sieh' dich vor, daß ich dir das bißchen Treibstoff, das du von mir hast, nicht entziehe. Weißt du, was dann mit dir sein wird? Dann liegst du flach. Wie ein Luftballon, aus dem alle Luft entwichen ist. Das sollte ich dir, bei Gott, mal zeigen, damit du bescheidener wirst in deiner Geschichte und dich wieder mehr an ihre Thematizitäten hälst! Oder willst du wirklich sehen, wie das schmeckt?« Ich hatte den Ton meiner Worte bis zu der drohenden Frage am Schluß immer weiter gesteigert und schrie den lesestofflichen Wakusch fast schon an.

»Schon gut, schon gut!«, sagte dieser jetzt sichtlich amüsiert, aber einlenkend. »Regen Sie sich bitte ab, Herr Lese-Lebensretter! Für Ihren Wutanfall besteht gar kein Grund. Denn was ich hier mache oder jedenfalls vorhabe zu machen – Sie sind mir ja dazwischengekommen und wollen es nicht zulassen –, ist durchaus nichts Antithematisches. Es paßt vielmehr vorzüglich in das Thema aller meiner Erzählungen. Wenn Sie wollen, können wir uns gleich irgendwo in Ruhe zusammensetzen und ich werde Ihnen den Sinn der Sache erklären. Dann werden Sie einsehen, daß ich recht habe und meine Bestrebungen, die Medea zu verändern, gar nichts Antithematisches bezwecken, sondern, ganz im Gegenteil, hier thematisch sehr wohl am richtigen Platze sind. Na, was halten Sie davon? Ich sag' Ihnen: nehmen Sie meinen Vorschlag ruhig an! Glauben Sie mir: das ist das beste, was Sie als unser Lese-Lebensretter jetzt machen können. Los, entscheiden Sie sich! Ich habe nicht mehr viel Zeit.«

Ich zögerte zuerst. Denn daß der Lesestoffliche mir vorschreiben wollte, was zu tun war, paßte mir natürlich nicht. Gab ich, wenn ich darauf einging, die Initiative nicht aus der Hand, ließ ich diesen Wakusch dann nicht den Verlauf unserer ganzen Begegnung und Unterhaltung bestimmen? Würde das nicht geradezu wie eine

Aufforderung für ihn aussehen, mich zu bequatschen und für seine Dummheiten zu gewinnen? Und dann hatte er auch einen regelrecht ultimativen Ton mir gegenüber angeschlagen. Welche Buchperson sprach so zu seinem Lese-Lebensretter? Das waren Einwände, die mich in jenen Augenblicken durchaus bewogen, den Konflikt mit dem lesekörperstofflichen Wakusch weiterzutreiben, es auf eine offene Kollision mit ihm ankommen zu lassen. Für mich war das ein Kinderspiel: den Polypen hier wieder heran- und auf diesen frechen Wakusch herabzurufen, hätte mich zum Beispiel gar nichts gekostet. Mit dem Polypen hätte ich dem Lesestofflichen Beine machen, ihn den ganzen Küstensaum seiner Erzählung rauf und runter hetzen können, bis er zusammenbrach. Oder ich versperrte ihm einfach das bißchen künstliche Lese-Lebensenergie, das er von mir noch bezog, indem ich es aus ihm heraus- und wegdachte. Dann fiele er in sich zusammen wie ein Hampelmann, den kein Bindfaden mehr strafft. Oder ich meldete seine antithematische Beschäftigung weiter »nach oben«, also dem realen Wakusch, der es dann selbst übernehmen würde, sein lesestoffliches Geschöpf zurechtzuweisen, denn er haßte bei seinen Buchpersonen nichts so sehr wie antithematische Extravaganzen. Kurz: Über einige Möglichkeiten dem lesestofflichen Wakusch die Hölle heiß zu machen verfügte selbst ich, sein künstlicher Leser, ganz bestimmt. Und doch erklärte ich dem lesestofflichen Wakusch meine Bereitschaft, ihn zu Causa die Medea anzuhören.

»Gut!«, sagte ich nach einigem Zögern. »Reden wir! Aber die Zeit, die es dauern wird, bis du mir alles gesagt hast was nötig ist und ich dir klar gemacht habe, warum der von dir hier verzapfte Firlefanz für den Lesestoff deiner Erzählung lebensgefährlich ist, bestimme ich, nicht du. Merk' es dir! Solange du mit mir zusammen bist, ruhen alle thematischen Entwicklungen in deiner Geschichte. Denn der einzige Leser hier bin ich. Alle thematischen Geschehnisse können nur geschehen, wenn ich es will, wenn ich es lese. Anstatt das zu tun, werde ich mich jetzt aber mit dir unthematisch unterhalten und alles andere hat zu warten, bis wir fertig sind.«

»Wenn Sie hier wirklich unser einziger Leser sind, haben Sie uns aber lange nicht mehr gelesen, werter Herr«, bemerkte der lesestoffliche Wakusch (wir befanden uns nun vor der Bank, auf der seine Sachen lagen und wollten eben Platz nehmen). »Wir wissen nämlich schon gar nicht mehr genau, wie es thematisch mit uns weitergeht. Von dem, was uns hier in unserem Sujet noch bevorsteht, haben sich bei uns nur sehr allgemeine, also vage, Vorstellungen erhalten. Und wenn wir Hauptpersonen unser Gedächtnis nicht systematisch üben, uns hier nicht immer wieder fragen und erinnern würden, was der thematische Sinn unserer Geschichte ist, kämen wir wohl niemals mehr darauf. So lange ist es her, seit wir das letzte Mal gelesen wurden.«

»So, so!«, sagte ich ungnädig. »Ihr seid schon nahe daran, zu vergessen, wie es hier thematisch weitergeht. Das scheint ja dann der hauptsächliche Grund, warum du mir hier mit Un- und Antithematischem befaßt bist. Wie kann eine ordentliche Buchperson ihr Existenzthema vergessen, wonach sie gelesen werdend lebt? Ist das nicht schon an und für sich seltsam und sehr verdächtig? Aber warte nur! Ich bringe euch hier wieder thematisch auf Trab. Ich werde euch in eurer Geschichte solange herumlesen, bis ihr alles Un- und Antithematische vergessen habt, bis euer Thema wieder völlig Besitz ergriffen hat von euch und ihr mir an nichts anderes mehr denkt. So!« Wir hatten uns auf die Bank gesetzt und sahen auf das windgekräuselte Meer hinaus. Rechts von uns verunzierte die auf ihrem Sockel zusammengesackte und zur vollkommenen Unerkennbarkeit zerflossene Medea jetzt den Küstensaum Pizundas. »Übrigens«, fuhr ich zürnend fort, »ist es auch nicht richtig, wenn du sagst, daß deine Dummheiten für die Leser hier nicht zu sehen seien. Mindestens für die, welche von oben lesend auf uns herunterstarren. Denn wer als realer Leser vom Buchwelthimmel auf uns herabschaut hat die Synopsis über alles, was es bei uns gibt: sowohl vom Thematischem als auch vom Un- und Antithematischem. So einer kann alles, was du hier anrichtest, ganz problemlos mitbekommen.«

Dazu lachte der lesestoffliche Wakusch bloß wegwerfend und sagte: »Aber mein lieber Rettungsleser! Aus der realweltlichen Transzendenz haben wir doch schon lange nichts mehr, keinen einzigen Lesestrahl, empfangen. Da ist seit unvorstellbar langer Zeit totale Sendepause. Wir können also auch daraus – und nicht nur weil von dort kaum jemals ein realer Leserengel zu uns hier herunterkam – mit absoluter Sicherheit schließen, daß die realweltliche Tranzendenz hinter oder über dem Himmel der Wakuscherzählungen völlig leer steht, daß es dort keine Leser gibt und vielleicht sogar auch niemals geben wird. Denn die Sowjetunion ist längst passé und die Existenzprobleme aller armen Schlucker, die dort gelebt haben, interessieren in der Buchwelt heute keine reale Lesermenschenseele mehr. Im Gegenteil: was diese Seelen jetzt am meisten beschäftigt und sie sicherlich auch das Lesen generell vergessen läßt, sind die mörderischen islamistischen Terrorangriffe auf ihre Wohnblöcke und Eisenbahnstationen. In der realweltlichen

Transzendenz ist heute praktisch schon ein Kulturweltkrieg in vollem Gange und was zählen da noch – ich bitte Sie – irgendwelche bibliobiologisch vertrackten Geschichten aus dem längst vergangenen Rätestaat? Das zum Einen! Zum anderen ist Ihre Unterstellung, ein aus der realweltlichen Transzendenz in die Buchwelt hineinspähender Leser könne abgesehen von dem, was da thematisch vor sich geht, auch alle unthematischen Beschäftigungen der Buchpersonen klar in seinem Leserblick haben, völlig falsch. Gerade dazu sind die Leser nicht fähig. Denn wenn sie es wären, würden sie nicht ständig nur von den thematischen Ereignissen in unseren Buchweltbezirken reden, sondern auch und garantiert noch viel mehr davon, was wir in unseren Lese-Lebensräumen Un- und Antithematisches betreiben. Doch lassen wir jetzt die Buchweltphilosophie und kommen wir endlich zur Sache, reden wir endlich von der Medea, welche uns beiden so unterschiedlich am Herzen liegt! Ja, und das müssen wir – ich wiederhole mich, aber bei Ihnen scheint es notwendig zu sein – schnell machen, denn meine Zeit hier ist knapp bemessen.«

»Aber wenn ich Ihnen sage, daß ich Ihr Leser bin und noch dazu Ihr einziger, der über den Gang der Dinge in Ihrer Geschichte allein entscheidet, der ihn aufhalten kann, solange es ihm beliebt, dann...«, begann ich ihm zu entgegnen.

»Wenn Sie nur mein künstlicher Leser sind, dann werden Sie dazu nicht fähig sein«, unterbrach mich der lesestoffliche Wakusch mit einer abwehrenden Handbewegung. »Über eine Buchperson, welche lesestofflich eine Hauptperson ist und selber will, daß es mit ihr in ihrer Geschichte thematisch weitergeht, haben Sie keine Befehlsgewalt. Die hätten Sie nur, wenn Sie ein realer Leser wären.

Aber der sind Sie ganz offensichtlich nicht. Werden Sie das bestreiten wollen?«

Hier ist anzumerken, daß ich diesem lesekörperstofflichen Wakusch immer erstaunter zuhörte, als er so zu mir sprach. Seine buchweltphilosophischen, bibliobiologischen und realgegenwartsweltpolitischen Kenntnisse, die er dabei zeigte, überraschten mich. Woher hatte er sie? Bisher hatte ich ihn nur von seiner thematischen Seite her gekannt, seine unthematische Geisteshaltung war mir weniger, eigentlich gar nicht, bekannt gewesen. Wie kam es, daß sich dieser Wakusch in diesen Dingen, vor allem in solchen kniffligen Buchweltstrukturfragen, welche sowohl für Buch- als auch Realpersonen gewöhnlich das Unvorstell- und also auch Undenkbarste, ja das für sie Metathematischste, berühren und ihnen deshalb niemals in den Kopf kommen, so gut auskannte? Dazu fiel mir nur folgende Erklärung ein: Nur der Umstand, so lange als praktisch ungelesene, nur von mir mehr schlecht als recht am Leben erhaltene, Textweltperson zu existieren, konnte diesen Wakusch zu diesen Erkenntnissen gebracht haben. Denn daß leserschwindsüchtige Textpersonen in ihren zu schlecht thematisierten oder ganz dethematisierten Lese-Lebenslagen manchmal auf die abwegigsten Gedanken kommen können, die auf eine gewisse Weise die Wahrheit ihres Seins spiegeln, war mir durch meine Erfahrung als künstlicher Leser der Wakuschtexte bekannt. Sein erstaunliches Wissen über die realgegenwärtige weltpolitischen Lage konnte dieser Wakusch einer realen Tageszeitung entnommen haben, die in der Buchwelt von visitierenden realen Lesern manchmal vergessen werden und sich dann ihren Weg bis in die fernsten und ungelesensten Ecken dieser Welt finden. In den absoluten Buchwelthintergründen gibt es für solche Sachen einen regelrechten (unthematischen) Schwarzmarkt.

»Hören Sie!«, begann der lesestoffliche Wakusch. »Daß ich nicht abgeneigt bin, mit Ihnen über die Medea zu sprechen, sehen Sie ja. Ich bin also nicht derjenige, der unser athematisches oder genauer gesagt: unser anti- und metathematisches Gespräch über das Standbild platzen lassen könnte, sondern es ist mein Freund. Mit dem gehe ich nämlich in dieser Erzählung in genau einer halben Stunde zum Oberbefehlshaber der sowjetischen Streitkräfte, die bei Pizunda stationiert sind. Wir sind da thematisch eingeladen und also muss ich da hin. Das werden Sie als unser künstlicher Leser nicht verhindern können, weil eben der Reso – das ist mein Freund – auch dahin möchte. Er will die Typen, denen wir dort begegnen werden, aus nächster Nähe auf sich wirken lassen, besonders ihre weltanschauliche Blindheit, und schließt nicht aus, daß es da für uns auch sehr unterhaltsam werden kann. Uns ist also praktisch nur eine halbe Stunde gegeben, um uns über die Medea auszutauschen. Ich bitte Sie, das nicht zu vergessen.«

Tatsächlich war der Besuch der Freunde Wakusch und Reso bei den Honoratioren von Pizunda – das fiel mir jetzt ein – das Thema einer Wakuscherzählung, die mir nur sehr oberflächlich bekannt war. Praktisch wußte ich nur, daß es so eine Geschichte von dem realen Wakusch gab, aber da ich sie schon rein instinktiv für eines seiner schlechtesten Erzeugnisse hielt (für eine Reihe jetzt bereits längst inaktueller und insofern kaum noch interessanter Tischgespräche mit der Obrigkeit des Badeortes) hatte ich noch nie länger in ihr Halt gemacht, war nie bemüht gewesen, sie genauer zu erkunden. Ich hatte mich stattdessen immer nur damit begnügt, dort als künstlicher Leser die Strandlinie abzulaufen, was schon ausreichte, um das bescheidene Lese-Leben in dieser Wakuscherzählung nicht ganz erlöschen zu lassen. (Ja, ich hatte – um ehrlich zu sein – die thematische Orientierung über diese Visite der Freunde bei den Hauptpersonen des Ortes ganz verloren und war auch ein bißchen überrascht, zu hören, daß ich mich da gerade in der Wakuschgeschichte befand, die davon handelte). Wenn der Besuch der beiden lesestofflich-thematisch abgestattet werden mußte, so würde es fast unmöglich sein, ihn zu verhindern, mit meinem Leserwillen den Wakusch hier am Platze zu halten, damit er mir alles über seine Absichten mit dem Standbild erzählte und ich ihm beweisen konnte, wie unsinnig sie waren. Bisher hatte ich es immer nur mit absoluten Hintergrundpersonen der Wakuschgeschichten zu tun gehabt; sie zur Ordnung zu rufen, wenn sie zu antithematisch wurden, hatte mich keine Mühe gekostet. Die beiden Freunde aber waren die Hauptpersonen in den Wakuscherzählungen und ob es mir als ihrem künstlichen Leser gelingen konnte, sie nach meinem Wunsch und Willen handeln zu lassen, war fraglich. Wenn ich es darauf ankommen ließ und es mir mißlang, so war das ein Leserprestigeverlust, den – irgendwie erschien mir das so, warum, weiß ich selber nicht – ich mir in seinen Geschichten nicht leisten durfte. Andererseits war es für mich auch sehr erfreulich, daß Wakuschs thematischer Besuch bei der Obrigkeit des Badeortes trotz der faktischen realen Leserlosigkeit immer noch erfolgte. Das konnte ja nur heißen, daß die kurzen, blitzartig vorübergehenden Aufenthalte meinerseits, in dieser Geschichte schon völlig genügten, um ihr Thema in Gang zu halten.

Der lesekörperstoffliche Wakusch musste meine Gedanken

erraten haben, denn zu meiner Überraschung sagte er: »Und wenn Sie vielleicht glauben, daß unser Besuch nicht pünktlich abgestattet werden kann, daß wir uns bei dem Oberbefehlshaber verspäten müssen, weil wir ja faktisch nur von einem künstlichen Leser, von Ihnen eben, der seiner Verpflichtung auch bloß sehr widerwillig und selten, nachkommt, dorthin gelesen werden, daß wir uns hier also getrost Zeit lassen und alles in Ruhe besprechen können, so irren Sie mein Freund. Zwar scheinen mir alle unsere Reden und Handlungen auf dem Empfang und bei dem Gelage, das uns da erwartet, etwas in die Länge gezogen und manchmal richtig schleppend langsam geworden zu sein, seit es bei uns keinen realen Leser mehr gibt, der sie energetisch vorwärtstreibt oder anders gesagt, seit Sie, unser von dem realen Wakusch erdachter und in seine Geschichten entlassener, künstlicher Leser hier die lesende Belebung übernommen haben. Aber angefangen hat unser Besuch bei dem General bisher immer pünktlich. Es ist also höchstwahrscheinlich, daß es auch diesmal so sein wird. Ich rate daher dringend, daß wir mit der Besprechung des Standbildes anfangen und diese Angelegenheit endlich ins Reine bringen. Sonst wird es wirklich zu spät!«

Ich hörte diesen Worten des lesestofflichen Wakusch mit grenzenloser Überraschung zu. Denn was er gerade gesagt hatte, bedeutete ja, daß diese Buchperson ein klares Bewußtsein von ihrem Lese-Leben als systematischer Wiederholungsstruktur besaß, daß sie davon wußte, daß ihr bei jedem erneuten thematischen Besuch bei dem Oberbefehlshaber der sowjetischen Streitkräfte von Pizunda eine Verlangsamung aller Vorgänge auf diesem Empfang aufgefallen war. Was war in dieser Wakuschgeschichte passiert? War hier etwa allen Personen der Erzählung (allen ihren Haupt- und Nebenperso-

nen) klargeworden, daß sie in ihr als gelesen werdende Buchpersonen periodisch immer als dieselben mit denselben Absichten, Wünschen und Beschäftigungen wiederkamen? Hatte sich dann nicht
der absurdeste und gefährlichste Irrealismus in den Lesestoff ein-
geschlichen? Und was würden die realen Leser dazu sagen, wenn
– sehr wahrscheinlich war das ja nicht – ihnen diese Sache hier irgendwie zu Ohren kam? Mussten sie als hundertprozentig realistisch eingestellte sich nicht sofort abgestoßen fühlen, wenn schon
ich von solch durchdringender, den ganzen Kreislauf des buchweltlichen Daseins offenlegenden, buchpersönlichen Selbsterkenntnis
so unangenehm berührt und alarmiert war?

Der lesekörperstoffliche Wakusch musste neben seinen buchwelt-
theoretischen (buchweltphilosophischen und buchweltphysikali-
schen) Fähigkeiten auch noch die Gabe des Gedankenlesens besitzen, denn er brach jetzt das Schweigen. »Wenn Sie Sorge haben, daß
hier alle Buchpersonen über ihr Buchpersonsein im Bilde sind, daß
sie wissen, daß sie als lese-lebensmäßiges Ritual in der Buchwelt
existieren, so können Sie beruhigt sein: Ich bin der einzige in dieser
Erzählung, der davon weiß. Und wenn Sie mich jetzt fragen, wie ich
darauf gekommen bin, so lautet die Antwort: durch Sie, mein Herr.
Da wir hier nicht richtig, sondern nur künstlich gelesen werden,
unserer Lese-Belebung also die reale Vorstellungskraft fehlt, welche alle Buchpersonen als normal gelesen werdende in ihrem Lesekörperstoff besitzen, sind wir hier vom Thema unserer Erzählung
viel weniger besetzt. Ja, es übt sogar in den Momenten, wo wir ihm
nicht unmittelbar mit unseren Denk- und Handlungsweisen un-
terworfen sind, überhaupt keine Gewalt mehr über uns aus. Wir
können dann tun und lassen, was wir wollen. Na, und ich habe

mich in diesen Zeitspannen eben auf die Buchweltphilosophie und Bibliobiologie gestürzt. Jetzt werden Sie wissen wollen, warum nur ich das getan habe und nicht auch die anderen. Nun, das ist schnell erklärt: Weil ich die absolute Hauptperson in dieser Erzählung bin und eine telepathische Verbindung zum realen Wakusch habe, unserem Verfasser, die Realperson also, die sich den ganzen Stoff, in dem wir hier gelesen werdend leben müssen, ausgedacht und aufgeschrieben hat. Bei einer meiner introspektiven Übungen – ich befasse mich viel mit Yoga, müssen Sie wissen – nahm ich plötzlich Kontakt mit meinem Verfasser auf. Ich geriet in seine, mich und in einer Weise ja auch sich – da ich ja die etwas jüngere Buchperson seiner Realperson bin – betreffenden Gedankengänge und konnte mich in diesen realen Reflexionen wie in einem Spiegel erblicken. So erfuhr ich die Wahrheit meines Seins und überhaupt allen Seins in den Wakuscherzählungen. Daß es nämlich ein textweltliches und text- oder eben buchweltpersönliches Sein ist, daß wir hier alle Lese-Lebewesen sind, Wesen also, die nur von ihrem vorstellenden Gelesenwerden durch ihre Leser leben. Ich erfuhr zudem, daß unsere Erzählungen von den realen Lesern leider nicht so wahrgenommen werden, wie sie sollten, daß wir alle an der Leserschwindsucht leiden und schon längst jämmerlich eingegangen wären, wenn sich unser Verfasser, mein reales Double also, nicht seinen künstlichen Leser, nämlich Sie, ausgedacht hätte, der die lesende Belebung unserer Wakuschwelt ganz textlos besorgt, nur durch seine Anwesenheit in unseren Geschichten, die er zu diesem Zweck periodisch durchstreift. Der reale Wakusch ist als unser Verfasser – wie Sie sich vorstellen können – in beständiger schwerer Sorge um unsere Lese-Lebenszukunft und denkt, wenn er gerade mal nicht schreibt, immer sehr bekümmert darüber nach. In letzter Zeit ist er übrigens auch nicht mehr ganz zufrieden mit Ihrer Arbeit in seinen Erzählungen. Er findet, daß ihre Effektivität nachgelassen hat und führt das darauf zurück, daß Sie Ihren Job bei ihm nicht immer gewissenhaft genug erfüllen, daß Sie die Sujets zu oft nach Ihrem Gusto umordnen, anstatt sich an seine Anweisungen zu halten. Neulich habe ich ihn denken hören, Sie seien ein Trottel, der davongejagt gehöre. Aber das nur so nebenbei. Meine introspektive Fähigkeit, das Innenleben des realen Wakusch zu erkunden, hat mich auch ermächtigt, den Polypen Polymat telepathisch in den Griff zu bekommen und ihn auf die Medea anzusetzen. Erstaunlich ist dabei die Leichtigkeit, mit der ich mit unseren Lesekörperstoffen umgehen kann, wie ich zum Beispiel das Standbild der Medea – Sie können es bezeugen – mit Hilfe des Polypen aus seiner Starrheit herausreißen und vivifizieren kann, wie es mir möglich ist, es in andere Konfigurationen übergehen und ein bewegliches, animiertes, denkendes und entsprechend handelndes, werden zu lassen. Das beruht auf dem telepathischen Draht, den ich zu dem realen Wakusch habe und der dieselbe Wellenlänge hat, über der er mit dem Polypen in seinen Geschichten herumschwenken und ihn hier alles Mögliche und Unmögliche verrichten lassen kann. Sie wissen ja: In ihrem eigenen Lesestoff sind der Verfasserphantasie keine Grenzen gesetzt. Na, und weil ich als Buchperson mit dem realen Wakusch prinzipiell identisch bin, kann ich – allerdings nur in den unthematischen Zeit- und Räumlichkeiten meiner Erzählung – an seiner verfasserlichen Einbildungskraft teilhaben und mit dem Polypen hier anstellen, was ich will. Natürlich muss ich dabei immer vorsichtig sein und Achtgeben, daß mein reales Double mir nicht auf die Schliche kommt. Sonst dürfte es Ärger geben, denn Autoren sehen es gewöhnlich nicht gerne, wenn ihre Buchpersonen eigenmächtig handeln.«

Der Wortschwall des lesestofflichen Wakuschs hatte mich tief beeindruckt. Welche Buchperson stößt introspektiv schon auf den Geist ihres Autors und ist auch noch hellsichtig genug, aus dieser Entdeckung bibliobiologische Erkenntnisse für sich zu ziehen? Ich glaube, nur die wenigsten. Ja, wahrscheinlich dürfte der lesekörperstoffliche Wakusch bis jetzt der einzige Buchweltmensch sein, dem das gelungen ist. Dieser Umstand weckte in mir plötzlich Sympathien für ihn. Ich konnte nicht umhin, diesen Wakusch sogar irgendwie zu bewundern, denn einer Buchperson, die selber begriffen hat, wer, was und wo sie ist, nämlich eine Buchperson, die vor ihren Lesern in der Rolle einer bestimmten Realperson aufzutreten hat und ausschließlich in der Buchwelt lebt, also ein In-der-Buchwelt-Dasein führt, kann man nur Respekt zollen. Jetzt hatte er mich zwar einen Trottel genannt, der davongejagt gehört, aber das war ja nicht seine eigene Aussage, sondern die des realen Wakusch gewesen, und da die anspruchsvolleren Autoren gewöhnlich immer nur sehr wenig von ihren realen Lesern halten und von ihren künstlichen Lesern sicherlich schon gar nichts, rührt mich das überhaupt nicht. Vielmehr kann ich den realen Wakusch einen Trottel nennen und das mit weitaus größerer Berechtigung. Denn wer es als realer Autor nicht versteht, seinen Lesekörperstoff im Rahmen des für Leser Les- und Erlebbaren zu halten, wer in seinem Stoff das Unrealistische (wie zum Beispiel den Polypen Polymat und alles, was damit thematisch zusammenhängt) ständig überdosiert, ist selbst einer. Na, und wegjagen wird und kann der reale Wakusch mich

ja gar nicht. Er braucht mich wie die Luft zum Leben, beziehungsweise Lesen. Denn was könnte er hier noch machen, wenn es mich
in seinen Texten nicht mehr gäbe? Gar nichts. Er könnte dann nur
noch zusehen, wie sein leserloser Lesestoff zergeht wie Butter unter
der Buchweltsonne, wie die chronische Leserschwindsucht, an der
er seit seiner Veröffentlichung leidet, ihn Stück für Stück verschlingt,
bis nichts mehr davon übrig bleibt außer den paar Wakuschbänden
im Ramschregal bestimmter deutscher Buchläden und den origi-
nalen Manuskripten bei ihm zu Hause. Also mit Wegjagen ist nix.
Denn er wäre dann – und das weiß er nur zu gut – der Totengrä-
ber seines eigenen Lese-Lebestoffes. Mein Grübeln hatte mich völlig umgestimmt. Ich verspürte keine Antipathie mehr gegen den
lesekörperstofflichen Wakusch oder jedenfalls nicht mehr so viel wie
vorher. Da er so viel buchweltwissenschaftlichen Verstand bewiesen
hatte sich als Lese-Lebewesen zu erkennen, konnte sein Vorhaben
mit dem Standbild der Medea sicherlich nicht apriorisch als bloße
Kinderei abgetan werden. Dann war es nicht unmöglich, sogar sehr
wahrscheinlich, daß sich etwas Sinnvolles dahinter verbarg. Darum
war es zweifellos besser, ihn zunächst anzuhören und erst dann eine
Entscheidung zu fällen.

Der Lesestoffliche begann dann auch sofort damit, mir von seinem Plan mit der Medeaskulptur zu erzählen. Ein großer Vertrau-
ensbeweis, denn woher sollte er wissen, daß ich, sein künstlicher
Leser, ihn bei dem realen Wakusch, dem Schöpfer und Verfasser,
nicht verpetzen würde? War das etwa nicht das Naheliegendste
angesichts des von mir doch ganz offen bekundeten Widerwillens
gegen seine un- und antithematischen Experimente? Warum entschied er so plötzlich, daß er mich ohne weiteres in sein Vorhaben

einweihen, mir alles darüber anvertrauen könne, wenn ich ihn doch gerade noch recht ärgerlich angefahren und gescholten hatte? Das war wirklich seltsam und ich war entschlossen, auch dieser Sache – wenn sich die Möglichkeit dafür bot – auf den Grund zu gehen. Da der lesestoffliche Wakusch jetzt in seiner Rede fortzufahren begann, verlegte ich diese Frage erst mal in meinen Hinterkopf.

»Also die Medea von Kolchis, lieber künstlicher Leser, gehört in die Reihe der widerspruchsvollen Insignien der Sowjetunion.«

Das ließ mich gleich aufhorchen. Wie verband der Lesestoffliche die Medea mit einem politischen Begriff wie es der Rätestaat doch ist? Wie war das nun wieder zu verstehen? Was für einen neuen Unsinn wollte er damit schon wieder anvisieren? Oder gab es vielleicht doch einen Sinn dahinter? Und wenn ja, wie fügte er sich dann in den Lesestoff der Wakuscherzählungen ein?

Die Sorge beschlich mich sofort wieder und bekam gleich weiter Nahrung, als der Lesestoffliche fortfuhr: »Sie ist für mich deshalb die Medea von Kolchis in Kolchos. Ja, so nenne ich die Dame, um ihre semantische Verbindung mit der Politik in unserem Jahrhundert gleich in und mit ihrem Namen anzudeuten. Allerdings lasse ich mich dabei von der Alliteration leiten, welche zwischen den Worten Kolchis und Kolchos besteht. Das zweite Wort ist ein Achsenbegriff der sowjetischen Mißwirtschaft und in meinem kombinierten Ausdruck für die Medea steht es symbolisch für die ganze Sowjetunion. Der Ausdruck bezieht sich also auf die sowjetische Medea, die da vorne auf dem Sockel steht. Im Augenblick tut sie das zwar nicht mehr, sie ist dank Ihnen jämmerlich zerflossen. Aber wir beide werden sie – ich hoffe das sehr – wieder aus ihrer metallenen Asche aufrichten.«

Die Ausführungen des lesestofflichen Wakusch ließen mich erstarren. War diese Politisierung der Medea nicht der bare Unsinn? Was hatte das Standbild mit der Räteunion zu tun? Doch gar nichts. War die Statue etwa nicht als altehrwürdiges Wahrzeichen einer zutiefst mythologischen Vergangenheit des kleinen Ländchens in dem wir uns gerade befanden – vom uralten Kolchis nämlich – ersonnen und erschaffen worden, als Gedenken an die sagenhafte Frau und an das Volk, aus dem sie stammte, an die Kolcher, ganz am Anfang der Weltgeschichte? Was konnte da noch der alberne Bezug der Skulptur zur Sowjetunion als Kolchos oder Kolchose für eine Bedeutung haben? War das nicht gerade eine vollkommen sinnlose, also un- und antithematische, Spielerei mit Begriffen, die nicht anging? Und wie kam er dazu, mir die Schuld an dem jämmerlich zerflossenen Zustand der Statue in die Schuhe zu schieben? War das nicht der Gipfel der Unverschämtheit? Wer hatte mit dem Kunstwerk unerlaubter Weise un- und antithematisch herumexperimentiert, er oder ich?

Der lesestoffliche Wakusch musste meine Verärgerung gespürt haben, denn er setzte, sich rechtfertigend, gleich hinzu: »Der Dame wäre nichts passiert, wenn Sie mir den Polypen nicht fortgenommen hätten. Er ist der Zauberstab, mit dem sich hier alles Mögliche und Unmögliche anstellen läßt. Aus allen Geschichten, die wie diese hier in der Sowjetunion spielen, kann man mit ihm den weltanschaulichen Gogelmogel absaugen und erwirken, daß die Leute in solchen Lesestoffen, mindestens die Hauptpersonen und hauptsächlicheren Nebenpersonen, sich freier aussprechen, ehrlich ihre Meinung zu bestimmten Dingen äußern und ihren Lesern interessanter erscheinen als gewöhnlich. Aber wem sage ich das! Als unser künstlicher Leser wissen Sie selber alles Notwendige über den Polypen Polymat; daß er zum Beispiel das Lieblingsphantasma unseres Verfassers, des realen Wakusch, ist, welches er nur ungern aus der Hand gibt, selbst mir, seinem buchpersönlichen Double, gestattet er nur in einer Geschichte, den Polypen thematisch zu gebrauchen. In den anderen Erzählungen bin ich gezwungen, den Flugapparat gegen seinen Willen – heimlich – also ganz un- und antithematisch, heranzudenken und ihn für meine eigenen buchweltlich-metathematischen Experimente und Untersuchungen zu verwenden. Ja, auch diese Fähigkeit habe ich mir – wie Sie sehen – mit der Zeit angeeignet. Vielleicht kann ich den Polypen nicht immer genauso geschickt dirigieren wie der reale Wakusch und Sie das tun, aber für meine bescheidenen Zwecke reicht es vollkommen aus.«

Diese Sätze des Lesestofflichen besänftigten mich wieder ein wenig. Drückte sich doch ganz offenkundig sein Wille, mir alles zu erklären, darin aus. Gutes hatte er mir zwar bis jetzt noch nicht mitgeteilt, doch daß er mit mir über seine un- und antithematischen Beschäftigungen in seiner Erzählung überhaupt reden wollte, war bestimmt ein gutes Zeichen. Auf diese Weise bekam ich zumindest genug Ausgangs- und Anhaltspunkte für meine Gegenrede, sodaß ich nur abzuwarten brauchte, was er mir noch weiter ausführen würde.

»Es wird Sie verwundert haben, daß ich die Medea mit der Sowjetunion verknüpfe«, fuhr der lesestoffliche Wakusch jetzt fort. »Auf den ersten Blick mag das auch wirklich unverständlich erscheinen. Betrachtet man die Sache aber bildhauerlich, so muß jedem sofort klarwerden, worin die Verwandtschaft besteht. Skulpturmäßig ist die Sowjetunion durch keine anderen Figuren so häu-

100

fig vertreten, symbolisiert und personifiziert worden, wie durch die von Lenin und Stalin. Was nun diese zwei Chefideologen mit der Medea gemeinsam haben, ist, daß sie die Schuld am Tod von Millionen ihrer eigenen Leute tragen, die sie – wann immer sie es für nötig hielten: wenn sie zum Beispiel glaubten, jemand hätte ihre Idee verraten, jemand wäre, in welcher Form auch immer, gegen sie aufgetreten – stets rücksichtslos ins Jenseits befördern ließen, was übrigens nicht bloß heißt, daß erschossen wurde. Ideologische Gegner oder solche, die man einfach dafür hielt, wurden auch massenhaft in Lagern interniert und so ein Lager ist – weil ja nur die wenigsten von dort zurückkehrten – für die überwiegende Mehrzahl solcher Unglücklichen so etwas wie das Jenseits gewesen. Aber alle diese Ver- und Abgeurteilten hätten – da die Idee sich ja historisch als kläglicher Flop erwiesen hat – ohne weiteres leben können, wenn sie nur ein paar Jahrzehnte später geboren worden wären. Außerdem haben sie, als sie in dieser oder jener Form, zum Beispiel indem sie emigrierten, ihren Protest gegen die Idee bekundeten, die ihnen wie ein verantwortungsloses Experiment mit Menschenschicksalen erschien, in allen Punkten ihrer Skepsis recht behalten. Das alles wissen Sie als der künstliche Leser der Wakuschtexte natürlich selber sehr genau. Ich erzähle Ihnen damit also nichts Neues. Es war allerdings nötig, Sie hier und jetzt wieder daran zu erinnern, damit der Bezug dieser beiden Herren zu der Medea-Dame deutlicher wird. Denn diese hat bekanntlich auch sehr viele Leute auf dem Gewissen, sicherlich nicht so viele wie die beiden Politiker, aber wir stellen ja hier auch keinen Quantitäts-, sondern einen Qualitätsvergleich an, und der bescheinigt uns ganz offensichtlich: die beiden Herren und die Dame haben Morde verübt. Dazu muss gesagt sein, daß das Umbringen-Lassen kraft eines Befehls, den man erteilt und unterschreibt, dasselbe ist, wie den Tötungsakt eigenhändig auszuführen. Und weil dem so ist, ist es auch rechtens, die zwei Herren Politiker in diesen Vergleich mit hineinzunehmen. Zur Medea ist in diesem Zusammenhang nun vor allem zu bemerken, daß sie in erster Linie als Mörderin ihrer eigenen Kinder bekannt geworden ist, obwohl die Überlieferung sagt, daß sie auch etlichen anderen Sagenweltpersonen den Garaus gemacht hat. Auch soll sie viel mehr Kinder gehabt haben als nur zwei, wie das zum Beispiel auf unserem Standbild da vorne dem Betrachter suggeriert wird.«

»Ja gut!«, schaltete ich mich hier ungnädig ein. »Aber wo sind, bitte schön, die Standbildweltkinder der Medea abgeblieben? Sie waren schon fort, ehe ihre Mutter auf dem Postament zerfloß. Wo sind sie? Wie bringst du die beiden kleinen Figuren wieder zurück? Ja, kannst du das überhaupt noch? Wenn sie verloren sind, muß ich das dem realen Wakusch melden und dann bekommst du es mit ihm zu tun.« Dazu lachte Wakusch wegwerfend. »Keine Sorge, die beiden Buben sind hier irgendwo ganz in der Nähe. Weit davonlaufen können die gar nicht, denn sie sind ja lesekörperstofflich an ihr Standbild gebunden. Sie haben sich nur versteckt und melden sich bestimmt zurück, wenn sie fühlen, daß die Luft wieder rein ist und sie von ihrer Mutter nichts mehr zu befürchten haben.«

»Wie das: ›Wenn sie fühlen…?‹ Sind sie nicht aus totem Standbildweltlesestoff gemacht? Wie können sie…?« Hier blieben mir die Worte im Hals stecken, denn mir war plötzlich wieder eingefallen, daß die Medea, als der Polyp sie umflog, ja quicklebendig und sogar quietschvergnügt gewesen war, daß sie ihre Arme bewegt und versuchsweise sogar ein paar Tanzschritte auf ihrem Sockel gemacht hatte. Offensichtlich war dieser Wakusch mit Hilfe des Polypen Polymat imstande, toten Standbildweltlesekörperstoff zum Leben zu erwecken, ihm die Fähigkeit zu denken, zu fühlen und zu handeln, einzugeben.

»Das stimmt genau!«, sagte der Lesestoffliche, der mich die ganze Zeit intensiv von der Seite betrachtet und meine Gedanken wieder mal erraten hatte. »Mit dem Polypen als Medium unserer telepathischen Befehle lassen sich auch lesekörperstoffliche Standbilder ohne weiteres vivifizieren, und meine Absicht ist, von diesem günstigen Umstand ausgiebig Gebrauch zu machen. Das dürfen Sie aber nicht so verstehen, daß ich hier nur antithematische Dummheiten anstellen, die Skulptur Purzelbäume schlagen und zur Gaudi des lesekörperstofflichen Strandpublikums am Strand hin- und herspazieren lassen wollte. Nein, ich will den Figuren nur die Augen über die Wahrheit ihres lesekörperstofflichen Daseins öffnen. Das müssen sie schlucken, wie antithematisch und bitter es für sie auch sein mag, das gehört in ihre bronzenen Köpfe. Jetzt werden Sie mich vielleicht noch fragen wollen, woher ich von dieser Belebungsmöglichkeit lesestofflicher Standbilder mit Hilfe des Polypen erfahren habe. Na, der reale Wakusch hat es mir nicht gesagt, der wird sich schön hüten, seine Schöpfungsgeheimnisse bei seinen eigenen Geschöpfen auszuplaudern. Nein, ich bin selber dahinter gekommen. Denn schauen Sie: Wenn der Polyp imstande ist, den weltanschaulich-tödlichen Gogelmogel aus allen Lesekörperstoffen abzusaugen, so muß er auch fähig sein, echte Lebens-, Denk- und Handlungskraft in solche Stoffe hineinzubringen oder zumindest bei einer solchen Vivifizierung entscheidend mitzuwirken. Diese Gleichung ist – Sie haben es selbst beobachten können – voll aufgegangen.

Haben Sie gemerkt, wie ausgewechselt die Medea war, als der surrende Polyp sie mit seinen Armen umschlang? Haben Sie gesehen wie froh sie war und sogar gelacht hat? Na, und die Lekuri-Schritte, die sie auf ihrem Sockel tat, waren ein Freudentanz, mein Herr. Von ihrer standbildweltursprünglichen Verzweifelung war nichts mehrgeblieben.«

»Und wie erklärst du diese Metamorphose bei der Dame?«, fragte ich den lesestofflichen Wakusch, in eine Redepause hinein. »Was hast du ihr so Rührendes mitgeteilt, welche Freudensbotschaft hast du ihr durch den Polyp überbracht?«

Ich muß hier anmerken: Meine Neugier diesbezüglich war nicht gespielt. Dieser Wakusch hatte angefangen, mir zu imponieren. Daß er der Medea und bestimmten anderen sowjetischen Skulpturen bis auf den Standbildweltgrund gehen und mehr Licht in diesen bringen wollte, hatte schon etwas für sich. Allerdings galt noch abzuwarten, ob sich der Stimmungswechsel bei diesen skulptierten Figuren denn mit der lesestofflichen Wirklichkeit, in der sie aufgestellt waren, überhaupt thematisch verbinden ließ. Was dies anbelangte, hatte ich große Bedenken und ich würde auch nicht zaudern, diese bei dem lesestofflichen Wakusch anzumelden. Aber zuerst sollte mir dieser seltsame Standbild- und Buchweltreformator genau darlegen, was er vorhatte.

»Die Freudensbotschaft, die sie von mir bekommen hat, ist in diesem Buch beschlossen«, sagte der lesestoffliche Wakusch, auf das Medea-Buch der Christa Wolf weisend. »Was dort über sie geschrieben steht, habe ich ihr durch den Polypen, der sich ja wie ein Telepathophon verwenden läßt, mit ein paar Sätzen verständlich gemacht. ›Deine zwei Söhne, den Meidos und den Pheres, hast du nicht getötet‹, habe ich ihr zugerufen. ›Die Korinther haben sie und alle anderen deiner Kinder gesteinigt, weil sie glaubten, dich für den Mord an König Kreon und seiner Tochter Glauke strafen zu müssen, wobei du in Wirklichkeit gar niemanden umgebracht hast und deine Verbrechen nur Hirngespinste von Leuten waren, welche dir Übles wollten. Das wußtest bis dato nur du und einige wenige Wissenschaftler, welche lesen können was die Mythographen von dir erzählen. Die Lüge über dich, daß du eine Mörderin und dann auch noch die deiner eigenen Kinder seist, die von dem Dichter Euripides in die Welt gesetzt worden ist, war das erste, woran man sich sofort erinnerte, wenn und wo auch immer die Rede von dir war. Das wird jetzt anders werden, seit es das Buch gibt, in dem die Wahrheit über dein Leben zu lesen steht. Freue dich! Denn ich werde es dir schenken. Du sollst es in den Händen halten, dich daran festhalten und wissen, daß die Welt heute zumindest schon angefangen hat, anders über dich zu denken.‹«

»Das Medea-Buch der Christa Wolf ist auf Deutsch geschrieben. Da wird die Medea ein Sprachproblem bekommen, denn kann sie, die sagenhafte Kolchidin, die sicherlich Altgriechisch sprach, ein deutsches Buch lesen? Und überhaupt: Wie hast du ihr denn diese Freudensbotschaft übermitteln können? Sprichst du etwa fließend Griechisch?«

Ich stellte ihm diese Fragen, um erst mal die Zeit zu gewinnen, die ich brauchte, zu überlegen, wie ich mich zu seiner Absicht, das Standbild so zu reformieren, stellen sollte. Ließ sich die Sagendame überhaupt so rechtfertigen? Hatte sie, von ihren Kindern abgesehen, nicht auch noch eine ganze Reihe anderer Personen gekillt? War es ratsam, in dem sagengeschichtlichen Hintergrund dieses

Standbildes unnötig Staub aufzuwirbeln, gerade weil er, genauge-
nommen, ein ziemlich anrüchiger war und das Kunstwerk selbst da-
runter nur zu leiden haben, vielen von seinen Betrachtern deshalb
vielleicht sogar fragwürdig werden, würde? Die Standbildwelt ist
keine Buchwelt, die aus Geschichten besteht, welche, indem man
sie zur Kenntnis nimmt, auch beurteilt werden müssen. Sie besteht
aus einem steinernen oder erzenen Augenblicksbild, in diesem
Fall aus einer Frau, die mit ihren Kindern einem untreuen Gatten
nachweint, und alles Vor- und Nachherige verliert hier schon an Bedeutung, ja sehr oft kann es für die Wahrnehmung des Kunstwerks
gänzlich irrelevant sein. Zudem gab es ja auch noch den Bezug seiner
Maßnahmen mit der Medea-Skulptur zu den ungeheuer vielen erzenen und gipsenen Abgüssen von Lenin und Stalin, der zwei ober-
sten Chefideologen der Sowjetunion. Der Lesestoffliche hatte hier
von einem Qualitätsvergleich gesprochen. Was er mit der Medea
vorhatte war aber als ihre Rechtfertigung gemeint. Mit den beiden
Politikern konnte er – weil es ja unmöglich war – dasselbe nicht wollen. Was sollte also in seinem Vergleich die Medea bedeuten, wenn
er grundsätzlich positiv von ihr dachte? Hatte er vielleicht für die
beiden schiefen Staatsmänner auch eine Christa Wolf ausgebuddelt?
Das war höchst unwahrscheinlich. Dafür steckten die zwei Politiker
historisch viel zu tief in der Tinte. Und zweitens war es einfach un-
denkbar, daß dieser Wakusch mit seiner ganzen individuellen Lese-
Lebenserfahrung sich hier mit dem Gedanken trug, eine Lanze für
die beiden zu brechen. Und überhaupt: hatte denn die Rechtfertigung der Medea einen Sinn? War man in ihrem Fall nicht viel mehr,
ja sogar ausschließlich, mit einer Fiktion konfrontiert, die sich selbst
dadurch, daß man ihre Unwahrheit erwies, niemals beseitigen lassen

würde? Waren es nicht immerzu Fiktionen, trügerische Hirngespinste, die der Menschheit in ihrer Geschichte zu schaffen machten und die ihre Gefährlichkeit eben gerade dem Umstand verdanken, daß sie logen und trogen? Was konnte der Medea die Wahrheit schon helfen, wenn die Unwahrheit über sie etwas viel Realeres war, das sich nicht so leicht aus den Köpfen der Nachwelt beseitigen ließ, etwas, das ihnen immer zuerst einfallen würde, wie oft man auch dagegen reden und schreiben mochte?

»Daß Sie mich so was fragen, wundert mich, unter uns gesagt, nicht wenig«, begann der lesestoffliche Wakusch jetzt, »denn als der künstliche Leser, den der reale Wakusch seine Texte lesen läßt und somit einen besseren Überblick über alle Wakuscherzählungen besitzt wie vielleicht nicht einmal ihr Verfasser, müssten Sie doch wissen, daß jede literarische Textwelt immer eine Welt des Willens und der Vorstellung desjenigen ist, der sie erschaffen hat, daß dieser Schopenhauerismus nirgendwo so sehr gilt wie in der belletristischen Buchwelt. Wissen Sie, was ich glaube? Daß Sie mich das nur gefragt haben, um die Zeit hier in die Länge zu ziehen und mich meine Arbeit mit dem Standbild nicht mehr beenden zu lassen. Denn von hier muß ich ja bald thematisch weg. Wenn Reso kommt, haben wir unseren Besuch bei dem hohen militärischen Tier zu machen und die Medea bleibt, jedenfalls für den gegenwärtigen Ablauf dieser Erzählung, so wie sie ist. Dann muß ich so lange warten, bis diese Geschichte sich erst lese-lebensmäßig wieder erneuert, damit ich das Standbild wieder umbilden kann. Aber vielleicht werden Sie bis dahin mit dem realen Wakusch über meine Absichten sprechen, ihm die ganze Sache verraten und ihn dazu ermuntern wollen, mir die unthematische Beschäftigung mit der Skulptur zu verbieten. Wenn es so ist, so lassen Sie sich gesagt sein: Das besorgt mich am wenigsten. Ja, ich würde Sie sogar bitten, mich bei dem realen Wakusch zu verpetzen. Dann wird sich nämlich klären, ob das, was ich mit der Medea hier mache, nicht im Grunde auch nach dem Willen und der Vorstellung unseres Verfassers, des realen Wakusch, geschieht. Dieser Gedanke ist mir nämlich auch gekommen und wenn es stimmt, wäre Ihre Einmischung in meine Arbeit völlig umsonst gewesen, weil ...«

»Niemand will dich hier verpetzen«, schnitt ich ihm unwirsch das Wort ab. »Wie kommst du überhaupt darauf? Ich will nur, daß das, was du hier unthematisch machst, in den Grenzen des Lese-Lebensmäßigen bleibt. Daß es nichts ist oder sein wird, was die realen Leser – wenn sie hier mal wieder vorbeischauen sollten – panisch die Flucht ergreifen läßt. Ist das so schwer zu verstehen? So! Und daß diese Medea da vorne fließend Deutsch verstehen und lesen wird, weil du es so willst und es dir so vorstellst, weil wir hier in einer Textwelt sind, wo von ihren Autoren und ihren Buchpersonen sur- und irrealistische Abwandelungen des Weltstoffs immer ohne weiteres vorgenommen werden können, wenn sie nur der Wunsch dazu packt, habe ich begriffen. Davon brauchst du mir nichts mehr zu erzählen. Aber über deine Absichten mit den Standbildern – es ist ja nicht nur die Medea, auf die du es abgesehen hast – weiß ich noch immer nicht alles. Komm also wieder zur Sache! Ich glaube, wir haben hier beide keine Zeit zu verlieren.«

Der lesestoffliche Wakusch sah mich daraufhin prüfend an, als wollte er sich vergewissern, daß ich es auch wirklich ernst meinte, und fuhr dann fort: »Ich werde also der Medea das Buch von Christa Wolf geben, sie darin lesen lassen – die Stellen, an denen gesagt ist, daß es ganz andere, nämlich die Korinther, waren, die ihre Kinder zu Tode brachten, sind darin rot unterstrichen und mit Lesezeichen leicht aufzublättern – und dann werde ich warten, bis sie diese Glücksnachricht voll aufgenommen und begriffen hat. Dabei kann es sich nur um einige wenige Augenblicke handeln, die ich ihr aber lassen muß, damit sie die Nachricht auf sich wirken, sich ganz von ihr durchdringen, lassen kann. Das muß sein, denn diese Medea ist die des Euripides, die Sagendame also, welche fähig ist, aus Eifersucht zu töten. Eine poetische Fiktion vielleicht, doch darum nicht weniger gefährlich, ja möglicherweise gefährlicher noch als alles faktisch Tatsächliche und Wahre. Das fatale Gefühl hat – sie ist ja schon lange genug in ihrer Standbildwelt so verzweifelt zu sehen – bestimmt schon Zeit genug gehabt, um in ihr mächtig, vielleicht sogar schon übermächtig, zu werden und könnte sogar in dem Standbildweltmoment, in dem sie hier fixiert wurde schon kurz vor seinem Ausbruch stehen. Ich neige sehr dazu, anzunehmen, daß gerade das hier der Fall ist, denn schauen Sie: Ihre zwei Buben sind, als ich mit Hilfe des Polypen die standbildweltliche Starre der Medea etwas auflockerte, gleich von dort ausgerissen. Was glauben Sie wohl, warum sie sich so verhalten haben? Na, sicherlich doch nur deshalb, weil ihnen die nächste Nähe zu ihrer Mutter mit der Zeit immer mulmiger ausgesehen hat, weil sie die Gefahr dort mit ihrem sechsten Sinn immer deutlicher aufsteigen fühlten.«

»Hm! Das mag sich schon so verhalten«, schaltete ich mich jetzt in die Ausführungen des lesestofflichen Wakuschs ein. »Aber was hilft es uns das zu wissen, wenn die Kinder nicht mehr zur Stelle sind? Kannst du mir versprechen, daß du sie wieder herholst und das Standbild nach deiner Aufklärungsprozedur wieder sein originales Aussehen zurückerhält?«

»Das kann ich sogar beschwören«, erwiderte er mir völlig überzeugt. »Die Kinder halten sich in der Nähe versteckt, und wenn sie sehen wie ausgewechselt ihre Mutter ist, wie grundsätzlich erleichtert und froh sie sich gebärdet, wenn sie hören werden, wie sie nach ihnen ruft, werden sie sofort verstehen, daß ihnen in der Standbildwelt keine Gefahr mehr droht und zu ihr zurückkehren.«

»Schön!«, rief ich mit einem neuen Widerspruch auf der Zunge. »Aber wird das Gefühl, von ihrer Mutter nichts mehr befürchten zu müssen, auch ausreichen, um die Kleinen wieder auf den Sockel der Medea zu ziehen? Wenn sie schon so feinfühlig sind, um zu begreifen, daß sie in Lebensgefahr schweben, muß diese trübe Ahnung – weil sie doch, wenn nicht von ihrer Mutter, dann auf jeden Fall von den Korinthern ermordet (gesteinigt) werden – bei ihnen fortdauern, sie muß ihre kleinen Herzen weiter beschweren und ihr Mißtrauen gegenüber ihrer Standbildwelt zumindest ganz allgemein wach halten. Wie kannst du dann erwarten, daß sie sich in dieser Welt jemals wieder zurückmelden?«

»In der Standbildwelt zählt nur das, was dort als Gegebenheit am nächsten und unmittelbarsten ist, was der Standbildweltmoment beinhaltet, der hier immer der zentrale semantische Punkt, der temporale Schwerpunkt in dieser Art von künstlerischer Expression, ist. In diesem Fall ist das die Medea mit ihren zwei Kindern und ihrer ohnmächtigen Wut auf den untreuen Jason, die hier zumindest schon als zukünftiges Mordmotiv Ausdruck findet. Damit ist der ganze dramatische Bedeutungshorizont der Skulptur schon angegeben. Was darüber hinausgeht, läßt der Moment die drei beteilig-

ten Figuren nicht mehr erfassen. Davon können sie, in ihrem standbildweltlichen Augenblicksgefühl fixiert, keine Kenntnis haben, das
ist erst eine spätere dynamische Entwicklung, welche die Statik des
Kunstwerks nicht mehr umfassen kann.«

»Aber du hast die archaische Dame über diese Entwicklung ja
schon selber voll informiert, als du ihr sagtest, daß nicht sie, sondern die Korinther ihre Kinder umbringen würden«, rief ich kopfschüttelnd. »Für die Mutter ist und bleibt das doch immer noch
eine Hiobsbotschaft. Glaubst du vielleicht, daß sie einfach darüber
hinwegsehen, sich nichts weiter daraus machen wird, nur weil es
ihr wichtiger ist, selber nicht mehr die Kindermörderin zu sein
oder als solche zu gelten? Was für eine Mutter wäre sie, wenn sie
das täte?«, fragte ich ihn aufgebracht. »Diese Medea weiß, daß es
in ihrem Standbildweltraum und in ihrem Standbildweltmoment
nicht zu dem Mord an ihren Kindern durch die Korinther kommen kann«, erwiderte mir der lesestoffliche Wakusch ganz gelassen, sich seiner Sache völlig sicher. »Sie hat ein perfekt ausgebildetes
standbildweltpersönliches Selbstbewußtsein, das heißt, sie weiß
genau, daß sie hier nur in den Augenblicksgrenzen ihrer Wut auf
Jason existiert und es darüber hinaus keine standbildweltstoffliche
Entwicklung ihrer leidvollen Geschichte gibt, daß diese Entwicklung nur eine lesestoffliche sein, nur als Lesestoff in Frage kommen,
kann, und daß folglich der Mord hier niemals stattfindet. Gerade
dieser glückliche Umstand ist auch, vielleicht sogar vor allem, der
Grund, warum sie – als sie auf ihrem Sockel lebendig wurde – so
froh war. Ich habe ihr nämlich noch in ein paar hastig formulierten
Sätzen klargemacht, daß ihre lesestoffliche Geschichte sich in ihrem
Standbildweltdasein gar nicht mehr ereignen kann, allein schon weil

es das zeiträumlich nicht gestattet. Ja, so ungefähr habe ich mich dazu ausgedrückt, vielleicht noch ein bißchen plastischer, eindringlicher und für sie verständlicher. Inwiefern ihr das eingeleuchtet hat, haben Sie ja sicherlich auch selber mitangesehen: Die Medea hat vor Freude gleich zu tanzen begonnen, als sie es hörte. Der Moment, in dem sie im Lekuri lostrippelte, war der Höhepunkt ihrer standbildweltpersönlichen Selbstbewußtwerdung, von dem sie durch Ihr Dazwischenkommen, mein Herr, dann aber auch so brutal heruntergestoßen wurde, daß sie körperlich zerfloß. Denn Sie hatten mir ja in diesem Augenblick den Polypen weggenommen, dann war natürlich alles sofort vorbei.«

Diesen Worten des lesestofflichen Wakusch hörte ich mit wachsendem Interesse zu, denn eines machten sie mir ganz deutlich: wenn er hier Un- und vielleicht auch Antithematisches betrieb, handelte er wohlüberlegt, eigentlich immer zum Vorteil der Standbildweltperson Medea und nicht gegen sie. Ja, ich fing mir jetzt sogar schon an vorzustellen, daß das alles, wenn ein Leser davon erfuhr, auch irgendwie gefallen und der Wakuscherzählung, in der es stattfand, lese-lebensmäßig dienlich sein konnte.

Aber noch waren nicht alle Einwände bei mir ausgeräumt und so sagte ich: »Alles, was du hier zum Vorteil der Medea einrühren möchtest, steht und fällt mit der Differenz zwischen Buchweltmaterie und Standbildweltmaterie, welche – wie du ganz richtig bemerkt hast – zwei grundverschiedene Weltstoffe sind. Der Buchweltstoff ist ein entwicklungsperspektivischer, der Standbildweltstoff aber ist ein zeitlich begrenzter, der über den skulptierten Augenblick, in dem seine Standbildweltperson gedacht und dargestellt ist, nicht hinausreicht. Nur darum kann diese Medea hier beruhigt sein: in ihrem standbildweltlichen Lebensmoment kann ihren Kindern durch die Korinther nichts geschehen. Aber ist sie hier nicht ein besonderer Fall, steht sie nicht als Standbild im Lesestoff einer Wakuschgeschichte und muß der Standbildweltstoff aus dem sie gemacht ist, nicht in erster Linie ein lesekörperstofflicher sein? Ich glaube, das lässt sich nicht abstreiten. Das erlaubt aber auch, deinen Standpunkt anzuzweifeln, daß der Kindermord in Korinth hier perspektivisch ausgeschlossen bliebe. Dann nämlich ist die ganze tragische Entwicklungslinie von dem Standbildweltmoment ab, in dem die Medea hier steht oder gestanden hat – denn im Augenblick ist sie ja auf ihrem Sockel nur ein jämmerlicher Klecks – bis hin zu der Tötung ihrer Kinder in Korinth lesestofflich zumindest potentiell schon vorgegeben, dann sieht die Medea von hier völlig klar bis dorthin, und ob sie dabei ihre Seelenruhe bewahren wird, ist dann die Frage. Ich glaube nicht. Denn das Bewußtsein, in einem Standbildweltmoment zu existieren, der sich nicht bis zu dem Mord an ihren Kindern ausweiten läßt, kann – weil dieser Moment doch primär ein lesestofflicher ist – sie ja gar nicht mehr trösten. Nun hat die Medea, als du ihr über den Polypen deine Informationen eingabst, zwar ganz glücklich gelacht und ist sehr froh und guter Dinge gewesen. Ja. Aber das war bestimmt nur die allererste Reaktion auf deine Botschaft. Wenn man weiß, daß die Welt von einem glaubt, man sei ein Mörder, und plötzlich findet sich ein vielgelesenes Buch, das die Sache andersrum darstellt und sagt, wie es wirklich gewesen ist oder noch wirklich passieren wird, hat man allen Grund, sich befriedigt und glücklich zu fühlen, ja, daß man dann auch Luftsprünge machen und tanzen will vor Freude, ist vollkommen verständlich. Aber bei der Medea ist das nur als erste impulsive Reaktion auf deine Eröffnungen zu verstehen. Wenn ihr die Zeit geblieben wäre deine Botschaft zu durchdenken, also auch im Hinblick auf das, was da über die blutbesudelte Zukunft ihrer Kinder gesagt war, hätten wir auf dem Sockel eine ganz andere Medea gesehen, eine vielleicht noch viel verzweifeltere, denn dann hätte sie ja gewußt, daß das Schicksal aller oder jedenfalls der meisten ihrer Kinder besiegelt ist und es in der gesamten Sagenwelt nichts gibt, das sie noch retten könnte. Diese Zeit blieb ihr nicht mehr, weil ich dir den Polypen Polymat wegnahm und die Dame dadurch aus dem vivifizierenden Bann des Apparates heraus- und in die bewußtlose Starre ihres Standbildweltstoffes zurückfiel. Weißt du was? Ich glaube, ja ich bin sogar fest davon überzeugt, daß der formlose Haufen Unglück, der jetzt auf dem Postament zu sehen ist, als Zeichen dafür gewertet werden muß, daß ihr das Tragische deiner Nachricht doch noch irgendwie bewußt wurde, daß sie vor Entsetzen darüber alle ihre körperstofflichen Formen verlor und jämmerlich zerflossen ist. Ich brauche dir hoffentlich nicht zu sagen, daß du die Medea dort wieder genau so aufstellen wirst, wie sie vorher war. Dafür hole ich dir den Polypen noch einmal her und dann richtest du sie mir hier wieder auf – mit beiden Kindern! Bis du das getan hast, lasse ich dich von hier nicht fort, auch nicht zu dem Oberkommandierenden der sowjetischen Streitkräfte von Pizunda. Das ist für mich als künstlicher Leser der Wakuschgeschichten gar nicht schwer: Ich will und stelle es mir einfach vor, daß du hier bleibst und uns die Medea wieder herrichtest. Und dann hast du keine andere Wahl mehr: du mußt dich so verhalten. Oder ich rufe den realen Wakusch heran und zeige ihm die ganze Bescherung und was der dann mit dir macht, soll nicht mehr meine Sorge sein. Du siehst, es gibt Mittel und Wege genug, um dich machen zu lassen, was ich will. Darum zwinge mich lieber nicht, sie auf dich anzuwenden und tu', was ich dir sage! So! Und jetzt höre von mir noch diese kritische Frage zu deinem Eingriff in die Standbildwelt der Medea! Du hast gesagt, daß du ihr das Buch der Christa Wolf geben willst, in dem die Wahrheit über sie geschrieben steht, damit sie es auch selber liest und selber Kraft aus dem Lesestoff schöpft. Aber wie soll sie ihn lesen, wenn der erzene Weltstoff, aus dem sie hier geschaffen ist und der sie auf einen bestimmten Augenblick ihres Lebens fixiert hat, auf den nämlich, wo sie sich in wilden Verwünschungen und Klagen über Jason ergeht, sie in einer Pose festhält, die ihr nichts anderes und Lesen schon gar nicht, zu tun erlaubt?« Nachdem ich diesen Fragenhagel auf Wakusch abgeschossen hatte, verschränkte ich meine Arme in abwartender und auch etwas herausfordernder Pose, die sich in die Worte »Nun, mein lesestoffliches Bürschchen, was wirst du mir jetzt noch Plausibles darauf antworten?« übersetzen ließ.

Der Lesestoffliche hatte mir mit einem vagen Lächeln im Gesicht zugehört und sagte nun: »Mein lieber künstlicher Leser, mir scheint, Sie lesen uns hier zu realistisch, also so, wie man in der literarischen Buchwelt nicht alles – und die Wakuscherzählungen schon gar nicht – lesen darf. Aber davon abgesehen, muß ich Sie daran erinnern, daß aller Lesekörperstoff unserer Text- oder Buchwelt, selbst der am realistischsten aufgemachte, ein irreales Phantasma ist und der Irrealismus deshalb als die primäre Seinsverfassung gewertet werden muß, nach der wir hier alle gelesen werdend leben. Angesichts dieser Tatsache wird der Schluß, daß in jedem Lesestoff das Unmöglichste möglich werden kann, wenn das

Erscheinen oder Zustandekommen dieses Unmöglichen seine thematische Berechtigung hat, unabweisbar. Denn – wiederholen wir es noch einmal! – als grundsätzlich irrealistischer unterliegt jeder Lesestoff in seinen Entwicklungsmöglichkeiten keinen realistischen Beschränkungen. Mit und in diesem Stoff ist alles machbar, kann alles geschehen, wenn sein Thema es erlaubt. Darum bin ich fest davon überzeugt, daß die Medea da vorne – wenn ich sie auf ihrem Sockel wieder aufgestellt und ihr das Buch über die Wahrheit ihres Lebens in die Hand gedrückt haben werde –, thematisch davon angezogen (angesogen wäre hier richtiger, denn der existenzthematische Magnetismus ist in jedem Lesekörperstoff ein thematischer Sog), es auch in ihrem Standbildweltmoment fertigbringt, den Text aufzuschlagen und darin zu lesen. Ja, ich kann Ihnen sogar sagen, wann sie das immer machen wird, nämlich um Mitternacht, zur Geisterstunde. Das ist die Zeit, wo in der Buchwelt auch selbst alles Starre lebendig und beweglich wird, wenn ihm nur der notwendige thematische Drive dafür gegeben ist. Und wenn Sie wegen der phantastischen Ungewöhnlichkeit dieser Sache Bedenken haben, so lassen Sie mich sie zerstreuen! Die Medea steht hier, wie Sie wissen, im unthematischen Abseits meiner Erzählung. Reale Leser kommen da, wenn überhaupt, nur sehr zufällig hin und nachts um zwölf, zur Geisterstunde, schon gar nicht. Was mit der Medea um diese Zeit dann passiert, bleibt also vollkommen zwischen uns beiden. Vielleicht wäre es hier richtiger zu sagen: zwischen uns dreien, denn es ist ja auch nicht ausgeschlossen, daß der reale Wakusch von allem, was hier vor sich geht, weiß. Wenn das der Fall ist und er es geschehen läßt, so hat er prinzipiell nichts dagegen und jede Sorge, er könnte deswegen ungemütlich werden, erübrigt sich.«

Ich hatte Wakusch wieder mit wachsendem Staunen und Gefallen zugehört. Denn was er mir da vortrug, hatte Hand und Fuß, es wies auch darauf hin, daß er sich alle Auswirkungen seines Unterfangens auf den Lesestoff seiner Erzählung wohl überlegt hatte und wie bestrebt er auch war, ein Ausarten in etwas Antithematisches, die Leser Abschreckendes und Verjagendes, zu vermeiden. In diesem Moment hatte er mich, glaube ich, schon für seine Pläne gewonnen. Richtig bewußt war ich mir dessen aber noch nicht. Dafür war meine Neugier auf das, was er mir noch zu sagen hatte, zu groß.

»Ich komme jetzt zu Ihrer eigentlichen Frage, ob der Standbildweltstoff der Medea hier nicht auch und in erster Linie ein Textweltstoff oder eben etwas Lesekörperstoffliches ist«, hörte ich ihn sagen. »Die Skulptur steht ja in einer der Erzählungen des realen Wakusch über mich beziehungsweise über sich, denn ich bin ja hier nichts anderes als die Buchperson seiner Realperson. Sie fragten mich das, um meine Behauptung, der Standbildweltmoment dieser Medea habe als erzener, standbildweltstofflicher Augenblick nichts geschichtlich und perspektivisch Entwickelbares an sich und schließe deshalb den Mord an ihren Kindern zu Korinth aus, auf einen Widerspruch festzunageln. Denn wenn der Standbildweltstoff dieser Frau vor allem ein Leseköperstoff ist, muß sich auch die ganze perspektivisch unglückliche Geschichte ihrer Kinder in ihm entfalten lassen. Dann muß die Medea – zumal ich sie ja in meiner Botschaft selber darauf aufmerksam mache und ihr auch sogar noch ein Buch geben will, in dem der Schrecken beschrieben steht –, trotz ihrer standbildstofflichen Weltlichkeit, sehr wohl in der Lage sein, sich bis zu dem Kindermord vorzudenken. Dann hätte der Schrecken in ihrer Biographie sie selbst noch in ihrem Standbildweltmoment zumindest reflexions- und vorstellungsmäßig heimgesucht und ihr das Leben in diesem Moment schwer, ja sicherlich auch unaushaltbar gemacht. Steht das alles nicht im rasanten Widerspruch zu meiner Absicht, sie von ihren Komplexen zu erlösen und den inneren Frieden, die ausgewogene Seelenruhe, in ihren Standbildweltmoment zurückzubringen? Dazu sage ich: In keinster Weise! Denn nichts von alledem, was Sie befürchten, kann geschehen, wenn ich die Sagenweltdame jetzt auf ihrem Postament wieder zurechtrücken werde. Sie wird völlig gelassen an die prophetischen Worte meiner Botschaft denken und mit einem Gefühl, das sicherlich kein vollkommen gutes, aber eins des Geborgenseins ist, das Buch lesen, das sie von mir zugesteckt bekommt. Das wird und muß sich so ergeben, weil Textweltmomente und Standbildweltmomente zeitlich völlig unterschiedlich sind; in jenen prävaliert die zeitliche Dynamik – in diesen die bildhafte Statik. Daß Standbildweltpersonen an den Entwicklungen in der Textwelt teilhaben, zum Beispiel ihre Subjekte sein könnten, verbietet sich deshalb vollkommen. Das wird der Medea sicherlich nicht so theoretisch klar sein, aber intuitiv wird sie es, wenn sie anfängt zu überlegen und besonders wenn sie liest, was ich ihr in diesem Buch von der Wolf mit aufgeschrieben habe, schnell verstehen. An Ihrem Einwand ist nur der Punkt richtig, daß das Standbild als Inhalt einer Erzählung über mich in seiner Substanz grundsätzlich auch lesestofflich konstituiert sein muß. Das ist richtig. Aber das bedeutet nicht, daß der standbildhafte Körper mit dem Lesekörperstoff von Buchpersonen gleichzustellen wäre. Weit gefehlt, mein Herr! In der realen Welt sind ja grundsätzlich auch alle Erscheinungen aus Materie und trotzdem differieren sie nach ihrer, sagen wir mal beispielsweise, anorganischen und organischen Körpergestaltung, und mit dieser Differenz ist in der realen materiellen Welt eine Weltdifferenz zum Ausdruck gebracht. In der Buchwelt ist es nicht anders. Was wollen Sie also von mir?«

Ich muß sagen, diese Erklärungen von Wakusch Nr. 2 (wenn wir mal die Buch- oder Textweltperson dieses Namens so nennen wollen) imponierten mir maßlos. Bibliobiologisch waren sie – das hatte ich sofort erkannt – vollkommen richtig. Einen groben Fehler, der sie als unbegründbare Wahnideen erkennbar gemacht hätte, enthielten sie jedenfalls nicht. Es gab nun keinen Grund mehr, an dem unthematischen Vorhaben von Wakusch Nr. 2 weiter herumzumäkeln. Mindestens was die Medea betraf, sollte er grünes Licht von mir bekommen. Darum sagte ich: »Okay! Tu, was du nicht lassen kannst! Aber was ich von dir will, ist, daß du mir die Medea mit ihren Kindern und meinetwegen auch mit dem Buch wieder ordentlich auf den Sockel zurückbringst.«

»Dafür brauche ich den Polypen Polymat«, sagte er lächelnd.

»Den sollst du gleich haben«, erwiderte ich.

Es dauerte einige Augenblicke, bis der Flugapparat am Horizont sichtbar wurde und auf uns zupreschte. Mein Befehl ›Komm wieder, wir brauchen dich!‹, zielte zuerst ins Leere. Wenn sein Adressat unerreichbar ist, die Kommandos also ungehört in der Luft verpuffen, fühlt man das als künstlicher Leser sofort. Die Empfindung telepathisch niemanden anzusprechen, ist dann selbst über die weitesten Entfernungen erstaunlich klar. So war es zuerst auch hier: Ich fühlte sekundenlang, daß da am anderen Ende der übersinnlichen Leitung nichts war und begann schon zu zweifeln, fing schon an, wegen der telepathischen Anstrengung und vor Verzweiflung zu schwitzen, als sich endlich die Verbindung zu dem Polypen aufbaute und er zum Glück auch gleich wunschgemäß reagierte. »Da hast du ihn zurück, bitte schön!«, sagte ich, als der sonderbare Vogel herankam. »Jetzt bist du dran, erhebe mir die Medea wieder aus der Asche!«

»Ja, das mach' ich!«, erwiderte mir Wakusch Nr. 2 mit fröhlichem Gesicht. »Sie wird auf ihrem Postament gleich wieder hochkommen und zwar als eine innerlich ganz andere, als sie vorher war. Sie werden's sehen.«

Er sollte recht behalten, denn was ich jetzt erlebte, war selbst für einen künstlichen Leser wie mich das ungewöhnlichste Schauspiel, das ich mir jemals hätte vorstellen können, nämlich die Rekonstitution der Medea in ihrer Standbildwelt. Und sie kehrte nicht etwa als starrer, lebloser Standbildweltstoff wieder, sondern lebendig: mit einer Miene, die alle Gefühle widerspiegelte, die sich ihrer im Laufe ihrer Wiedergeburt nacheinander bemächtigten: grenzenlose Erleichterung und ein ebenso großes Glück, aus der Deformation wieder zur eigenen Form und Figur zu kommen, die entsprechende Zufriedenheit über das Buch, das die Wahrheit über den Kindermord in ihrem sagenweltlichen Dasein in der realen Welt verbreitete, sowie Sicherheit, da sie sich ja als Standbildweltmensch außerhalb aller lesestofflich-geschichtlicher Gefahren wußte, die in ihrer sagenweltlichen Zukunft auf sie lauerten. Das alles spiegelte sich auch in ihrer Körpersprache, denn als Wiederauferstandene vollführte die Dame gleich freudig erregte Arm- und Handbewegungen, sie strich sich die Falten aus ihrem wallenden Gewand und trippelte wie im Lekuri, richtig ausgelassen, um nicht zu sagen übermütig, auf der Stelle. Dieses Comeback erwirkte Wakusch Nr. 2

verhältnismäßig einfach. Es fing damit an, daß er den heranbrau-
senden Polypen durch einen leise gemurmelten telepathischen Befehl mitten in seinem Flug zum Stehen brachte, den Apparat eine
Kehrtwendung ausführen ließ und ihn dann auf das Standbild der
Medea – oder was davon noch übrig war – dirigierte. Dann beob-
achtete ich, wie der Polyp die Sagenweltfigur aus ihrem zerflossenen
Zustand im wahrsten Sinne des Wortes hervorzog, seine Dutzend
Rüssel dabei als Arme benutzend. Sie fuhren in den Standbildweltkörperstoff dieser Frau (der von der Berührung ganz offensichtlich
alle Starre verlor, weich, biegsam und lebendig wurde), umschlan-
gen nacheinander alle umherliegenden Teile des Torsos und zerrten
sie hoch, stellten sie wieder auf und zusammen. Dabei bewegte sich
der Polyp Polymat immer im Kreis um die Figur herum, ganz so, als
ob er selber der Bildhauer gewesen wäre, bald hier, bald dort etwas
zurechtrückend, zusammenführend oder trennend (wenn etwas
bei der Rekonstitution durcheinandergekommen war). Dabei half
ihm die Medea selbst, die nun auch wieder ihr Bewußtsein erlangt
hatte und selber Interesse daran hatte, daß sich an ihrem Äußeren
alles standbildursprünglich wieder herstellte, indem sie die Falten
aus ihrer Gewandung strich oder sich niederbog, um in ihre Sanda-
len zu schlüpfen. Auch die beiden kleinen Kinder der Medea spiel-
ten dabei keine unwichtige Rolle, weil sie den Polypen mit lautem
Rufen und Winken auf Details des Standbildweltstoffes aufmerksam machten, welche er bei der Rekonstitution ihrer Mutter vergessen oder übersehen hatte. Die zwei Buben hatten sich, als die
Medea wieder auf den Füßen stand, gleich bei der Skulptur eingefunden, die sie, in dem Maße wie ihre vertrauten Formen langsam
wiederkamen und das lächelnde Gesicht ihrer Mutter über ihnen

aufging wie die Sonne, begeistert winkend und rufend umsprangen. Sie waren die ganze Zeit im Meer abgetaucht. Hin und wieder hatte einer von ihnen seinen Wuschelkopf prüfend über die Wasseroberfläche gereckt, um ihn, als er sah, daß sich sein Standbildweltmoment immer noch im Zustand der Verwüstung und Leere befand, sofort ängstlich wieder einzuziehen. Erst als die Restaurierungsarbeit des Polypen in Gang gekommen und die Medea in einer unvergleichbar besseren Laune auf ihrem Sockel erschienen war als standbildursprünglich, schwammen sie heran, um die Mutter zu begrüßen. Als Augenzeuge dieses unglaublichen Vorganges – denn wie waren diese Kinder aus Standbildweltstoff imstande, in einem lesestofflichen Meer zu schwimmen, geschweige denn zu tauchen – wollte ich Wakusch Nr. 2 gleich nach der Möglichkeit dieser Unmöglichkeit fragen, ließ es aber bleiben, denn ich erinnerte mich an das, was er mir zur Schopenhauerschen Konstitution aller lese- und standbildweltstofflichen Welten gesagt hatte: daß man mit dem Willen und der entsprechenden Vorstellung alles, selbst das Unmöglichste, fertigbringt.

Fasziniert von all diesen Prozeduren und Vorgängen bemerkte ich, daß der Polyp ganz allein mit der Medeafigur beschäftigt war, denn Wakusch Nr. 2 blickte schon nicht mehr zu ihm hin, hatte aufgehört, dem Apparat Beschwörendes und Telepathisches zuzumurmeln.

»Die Kiste ist jetzt schon voll programmiert und macht ihre Arbeit alleine auch sehr gut«, erklärte er mir auf meine besorgte Frage, ob es denn möglich sei, den Polypen Polymat ganz ungeprüft und unbeaufsichtigt an der Skulptur herumwerkeln zu lassen. »Seien Sie unbesorgt, lieber künstlicher Leser, selbst der geringste Patzer kann dem Polypen jetzt nicht mehr unterlaufen, er weiß genau, was er zu tun hat und stellt uns die Dame wieder exakt so hin, wie sie da gestanden hat.«

»Aber du wolltest ihr doch noch das Buch der Christa Wolf zustecken«, wandte ich etwas nervös ein, denn die Operationen von Wakusch Nr. 2 (besonders die vivifizierenden) erschienen mir immer noch etwas unheimlich. »Muß das das Aussehen der Skulptur etwa nicht verändern?«

»Nein!«, versicherte er mir. »Das muß es nicht. Das Buch wird die Medea in ihrer wallenden Robe versteckt halten und nur um Mitternacht beim Mondschein hervorziehen, um darin zu lesen. Keine Bange! An dem Standbild wird der Lesestoff von außen nicht auszumachen sein.«

»Schön!«, sagte ich. »Du hast mich aber auch noch verstehen lassen, daß du ähnliches auch mit den Lenin- und Stalinfiguren, welche in den Hintergründen deiner Erzählung überall herumstehen, im Schilde führst. Ich würde erst mal gerne von dir hören, wie du dir das mit diesen Politikern genau vorstellst. Gibt es da auch ein Buch, das du ihnen bereitstellen möchtest? Und was für einen positiven Sinn kann diese Prozedur mit den beiden eigentlich haben? Bei der Medea wissen wir, daß mindestens der Kindermord eine Erfindung des Dichters Euripides ist, daß die Mythographen diesen Mord ganz anders beschreiben und die Frau ihn gar nicht verübt hat, sondern andere. Das verleiht deinen Manipulationen mit ihrem Standbildweltstoff einen Sinn. Aber bei den skulptierten Lenins und Stalins liegt so ein Sinn nicht vor. Die Massenmorde, welche sie ausführen ließen, kann man anderen nicht zuschreiben. Sie wurden von ihnen sanktioniert. Müsste dieser Umstand dich nicht eher davon abhalten, in den Standbildweltmomenten dieser zwei Leute zu intervenieren? Was könnte es da noch für dich zu tun geben? Da ist doch alles schon sowieso klar und abstoßend genug. Das zum einen. Zum anderen sorgt mich das Risiko, das du mit diesen zwei Politikern in ihrer Standbildwelt eingehst. In allen deinen Geschichten sind das zwar völlig un- und antithematische Skulpturen, darum auch vollkommen hintergründige und den realen Lesern – wenn du welche hättest – gar nicht sichtbare Machwerke. Ja. Aber von den absoluten Neben- oder Hintergrundpersonen in deinen Erzählungen werden diese Figuren doch wahrgenommen, für diese Personen gehören sie – weil sie ja auch in den lesestofflichen Hintergründen deiner Geschichten leben – zu den regulärsten und gewöhnlichsten Erscheinungen, wenn sie mal auf ihren Straßen spazieren oder in ihren Parks auf einer Bank sitzen. Was werden diese Leute denken und sagen, wenn sie den Lenin oder Stalin, welche in einer bestimmten standbildweltlichen Positur sie zu sehen gewöhnt sind, plötzlich ganz anders als gehabt erblicken, mit einem Buch in den Händen, das sie stirnrunzelnd lesen oder triumphierend, vielleicht auch verzweifelt – ich weiß ja nicht, was du mit den sowjetischen Chefideologen standbildweltaugenblicklich vorhast – gen Himmel recken? Müßen sie dann nicht von dieser Ansicht der Standbilder verwirrt, befremdet, vielleicht auch empört in das nächste Polizeirevier rennen und über die Absonderlichkeit Bericht erstatten? Und muß diese Umformung der Skulpturen in den Hintergründen deiner Erzählungen, wo man doch voraussetzen muß, daß die Bevölkerung grundsätzlich eine weltanschaulich gedrillte und linientreue ist, nicht allgemeine Empörung auslösen und zu den für dich un- und antithematischsten Entwicklungen führen, schlimmstenfalls – man muß ja mit allem rechnen – zu ernsthaften, von der staatspolizeilichen Behörde verursachten, Störungen in diesem/deinem Wakuschsujet?«

»Wie ich jetzt begreife, muß ich Sie über mein Vorhaben in der Standbildwelt dieser Politiker auch noch genauer informieren«, sagte der lesestoffliche Wakusch ziemlich unmutig, denn er mochte gedacht haben, mit der Klärung der Medea-Frage wären alle meine Zweifel beseitigt. »Sonst denken Sie noch weiß Gott was und vermasseln mir die Sache. Also, teurer Freund und künstlicher Leser, zuerst müssen Sie wissen, daß es bei aller Ähnlichkeit, welche zwischen diesen drei Figuren besteht – obwohl ihnen ganz unbestreitbar sehr viel Negatives und Abstoßendes inhärent ist, sind sie die Lieblinge aller derer, für die sie aufgestellt wurden und immer noch werden – auch einen abgrundtiefen Unterschied gibt, der die Politiker von der Sagenweltfrau trennt. Das betrifft nicht mal die Unentschuldbarkeit jener einerseits und die Entschuldbarkeit dieser andererseits bezüglich der von ihnen veranlaßten oder begangenen Tötungen. Politische Morde werden, wenn sie nicht in nachweisbare Genozide umschlagen – jedenfalls ist das bis heute so – selten gerichtlich belangt. Sie geschehen eben und fertig. Meine Intention ist dementsprechend keine kriminalisierende, wenn ich mich mal irgendwann – wann genau, weiß ich noch nicht, vielleicht wenn Sie nach vielen Jahren das nächste Mal leserpersönlich wieder hier vorbeikommen – wieder in die Standbildwelt dieser beiden Herren hineinbegebe. Was ich jedem von ihnen dann vorhalten will und muß – ich glaube damit auch die Meinung von Millionen ihrer geplagten Untertanen auszusprechen –, ist, daß sie theoretische Versager waren, daß das Leninsche Prinzip von der Möglichkeit, die proletarische Revolution in einem Land erfolgreich, d.h. zum sozialen

Wohl des dann rätestaatlichen Ganzen immer besser, gerechter und ergiebiger auszugestalten, einfach nicht stimmt, daß dieses Prinzip sich als Wahnidee erwiesen hat, welche mit der skrupellosen Brutalität diese zu verwirklichen, in die Lebensgemeinschaften und Gesellschaften hineinzutragen wie das in Osteuropa getan worden ist, zu den verhängnisvollsten politischen Irrtümern gehört, die die Geschichte kennt. Und als Beweis, daß das auch die historische Wahrheit ist, würde ich diesen Herren einen Batzen russischer und georgischer Tageszeitungen des 21. Jahrhunderts vorlegen, in denen der realweltgegenwärtige kapitalistische Alltag im heutigen Rußland und Georgien ja deutlich genug gespiegelt ist, in denen schon die Sitzungsberichte eines aus einer Vielzahl von Parteien zusammengesetzten Parlaments keinen Zweifel darüber aufkommen lassen können, daß und inwiefern diese beiden Länder den Sowjetismus von sich abgeschüttelt haben.«

»Sie werden also aktuelle, aus den Jahren nach 2000 datierte, Zeitungen von dir bekommen und kein Buch?«, fragte ich amüsiert. (Was Wakusch Nr. 2 mir da erzählte, war selbstverständlich überzogen und insofern sicher auch kein Lesestoff für jeden Leser. Aber als Ergänzung zu seinem Vorgehen mit der Medeafigur nahm es sich doch nicht so schlecht aus, konnte man es in den Hintergründen der Wakuschgeschichte mindestens vielleicht ein- oder zweimal ganz ruhig geschehen lassen). »Aber wer garantiert dir, daß diese Ideologen, besonders wenn sie erfahren, daß alles, was sie aufgebaut zu haben glaubten, wie ein Kartenhaus zusammenbrach, nicht gleich wieder Appetit auf ein Comeback bekommen, daß sie sich nicht wünschen werden, noch einmal in ihrem Land die Macht zu ergreifen und die Geschichte dort auf den nach ihrer Ansicht doch einzig richtigen Kurs zurückzubringen? Du machst sie doch mit dem Polypen lebendig und gibst ihnen dadurch – zumindest in deiner Textwelt – die Möglichkeit, wieder politisch aufzutreten und das Meer von Dummköpfen, das ihnen in den unthematischen Hintergründen dort immer noch nachtrauert, für ihre Phantasmagorien zu remobilisieren. Riskierst du dann nicht die Rerevolution in deiner Wakuschgeschichte? Und wenn sich das wirklich so ereignen sollte, müßten dann Wakusch Nr. 1 davon nicht graue Haare kriegen und dich mit allen deinen Erzählungen zum Teufel wünschen? Bedenke, was du tust!«

»Also erstens, bekommen die Väterchen Lenin und Stalin von mir auch ein Buch«, begann der lesestoffliche Wakusch, der mir immer vergnügter zugehört hatte, jetzt seine Gegenrede. »Denn die aktuellen Zeitungen alleine genügen nicht, um die beiden das ganze Ausmaß ihres Fiaskos voll erkennen zu lassen. Zeigen sie doch nur das betrübliche Resultat ihrer grundfalschen Tätigkeit in der Weltgeschichte, nämlich die Wiederkehr des Kapitalismus, den sie wähnten, glorreich abgeworfen zu haben, der wie ein Bumerang auf ihre Nasen oder – was in diesem Fall ungefähr dasselbe ist – in ihre beiden Länder zurückflog. Zur vollen Selbsterkenntnis brauchen die beiden in ihrer jeweiligen Standbildwelt auch das, was die eigentliche Ursache ihres historischen Debakels ist, nämlich das Buch, das sie, glaubend es zu begreifen, theoretisch und praktisch voll auszuschöpfen, in Wirklichkeit völlig falsch interpretiert und mit ihren eigenen Werkbergen auch ebenso abwegig ergänzt haben. Und zwar das ›Kapital‹ von Karl Marx. Denn von der Diktatur und der Möglichkeit, den Sozialismus und Kommunismus in einem einzigen Land gesellschaftlich durchzusetzen, ist bei Marx nichts gesagt, jedenfalls nichts, was einen ermächtigen könnte, die theoretische Notwendigkeit dieser Diktatur und diese Möglichkeit in seinem Namen zu behaupten. Darum werde ich das >Kapital< den beiden in ihrem Standbildweltmoment mit hineingeben, damit sie es noch einmal und besser durchlesen, als sie das in ihrem realen Leben taten, und alle Mißinterpretationen erkennen, zu denen sie sich hinreißen oder – das kann man ja in diesem Fall auch sagen – verführen ließen. Zwischen der Lektüre dieser Lesestoffe – der aktuellen Tageszeitungen ihrer zwei Länder und des klassischen Standardwerks des Sozialismus – herumgetrieben, werden sie dann langsam erkennen müssen, wie sich beides miteinander verbindet, nämlich daß sie selber mit ihrer unbegründbaren Auslegung von Marx das Bindeglied sind, die falsi apostoli des Kommunismus. Ihre zweite Frage, mein lieber künstlicher Leser, war, ob es vielleicht nicht zu gefährlich wäre, die zwei politischen Geister in ihren Standbildwelten zu wecken und sei es auch bloß für eine regelmäßige mitternächtliche Lektüre von Dokumenten, die ihnen die Ursachen und Folgen ihrer theoretischen Irrtümer in aller buchstäblichen Sichtbarkeit vor Augen führen. Sie befürchten, daß die zwei – wenn sie sehen, wie alles bei ihnen den Bach runterging – doch nur darauf brennen müßten, das Ruder der Geschichte wieder herumzureißen, den Rätestaat wiederzuerrichten, der Welt seine Lebenstüchtigkeit zu beweisen usw. und daß dieser Wunsch sie dann dazu ermächtigen könnte, ihre Standbildwelt zu verlassen und in den anderen Welten, zuerst in der Buch- und dann – weil es von ihr bis dahin ja nur ein Katzensprung ist – auch in der Realwelt wieder ideologisch Fuß zu fassen, die Abtrünnigen dort zu bestrafen, die Getreuen zu belohnen. Befürchtungen dieser Art sind aber völlig unbegründet, denn als Standbildweltpersonen gehören die beiden, auch wenn sie mal kurz lebendig werden, untrennbar zu ihrer Welt, in der sie auch zu verbleiben haben, ob sie das nun wollen oder nicht. Weil der eine wie der andere hier im denkbar höchsten Grade materialistisch und realistisch ist, werden sie ihre stoffliche Zugehörigkeit zur Standbildwelt und zugleich damit auch ihre prinzipielle Unabkömmlichkeit sofort begreifen, wenn sie, lebendig werdend, auf ihren Sockeln wieder zu sich kommen. Es wird also gar nicht nötig sein, sie noch extra darüber aufzuklären. Aber auch die Möglichkeit, daß jemand von ihren vielen Anhängern – wenn er mal mitternachts zufällig an diesen Standbildern vorbeikommen und die Lebendigkeit der Figuren bemerken sollte – gleich freudig Alarm schlagen und zusammen mit seinen Genossen die Reinthronisation der beiden betreiben wird, schließt sich vollkommen aus. Denn beide werden mit ihren verzweifelten Überlegungen zu der von ihnen unbestreitbaren Pleite ihrer Gründungsideen so eingenommen und beschäftigt sein, daß der zufällige realpersönliche Passant – wenn er ein Mitglied ihrer Partei und ein überzeugter Verfechter ihrer Weltanschauung war und es vielleicht auch noch immer ist – es gar nicht erst wagen wird, einen Mucks von sich zu geben. Er wird vielmehr mit angehaltenem Atem und erstarrt sein Idol auf dessen Postament niedergekauert oder auch aufrecht sitzen sehen, wahrscheinlich in der Pose des Denkers von Rodin, nur eben sehr bestürzt und völlig unzufrieden – entweder mit allen Genossen, welche nach ihm das Zepter übernahmen, vielleicht auch schon mit sich selbst, wenn es die Kläglichkeit seiner eigenen Theorien voll erkannt hat und sich wegen seiner persönlichen Unzulänglichkeit als Chefideologe des Klassenkampfes auch bereits die heftigsten

Vorwürfe machen sollte. Wenn der Passant ihr Gegner war, zum Beispiel einer aus dem Block der Unparteiischen, also jemand, dem es lieber war, auf alle existenziellen Privilegien, die einem die Parteimitgliedschaft versprach, zu verzichten, als den Widersinn mitzumachen oder mindestens als sein Mitmacher zu gelten, der wird die zwei verzweifelt vor sich hin grübelnden Politiker in ihrem Standbildweltmoment als die besten Sehenswürdigkeiten akzeptieren, die es für ihn nur geben kann. Ein solcher wird sich schön hüten, einen Mucks von sich zu geben, weil er den so abgrundtief verdrossenen Anblick dieser Politiker für eine plötzliche – vielleicht von zuviel Wein-, Bier- oder Schnapsgenuß herrührende – erfreuliche Vision hält, die er um keinen Preis zerstören und so lange auf sich wirken lassen möchte, wie sie dauert. Nicht nur einen Mucks von sich geben, sondern ein lautes schadenfrohes Geschrei anstimmen, werden beim Anblick solcher bestürzten Politikerfiguren womöglich noch jene Kategorie zufälliger Passanten um Mitternacht, welche das Aus-dem-Standbildweltrahmen-Fallen der Politiker einfach bloß um seiner selbst willen ergötzlich finden und es durch einen Fußtritt oder Steinwurf noch weiter, beispielsweise in ein Am-Standbildweltboden-Liegen-und-sich-Winden, treiben würden. Solche unbotmäßigen Ein- oder Angriffe würden jedoch nur zur blitzartigen Renormalisierung oder der Rückkehr in ihre jeweilige originale und stofflich erstarrte Standbildpose führen, die Angreifer hätten sich nur selber den Fuß oder die Hand wund geschlagen und im Grunde nichts verändert. Was solche dann vielleicht noch aus Wut über ihre zwecklose Attacke mit den Figuren anstellen können, ob sie sie dann überhaupt aus den Angeln heben, umstürzen, fortschleifen u. ä., braucht unsere Sorge nicht mehr zu sein. Denn erstens würde das in den völlig unthematischen, also von Lesern niemals eingesehenen, Hintergründen meiner Erzählungen geschehen, also zu den nebensächlichsten Geschehnissen dieser Textwelt gehören, um die sich keiner weiter kümmert. Und zweitens haben Politiker, deren Aktivität grundsätzlich so sinn- und skrupellos war wie bei diesen zwei, wenn die historische Stunde der postumen Abrechnung für sie geschlagen hat, solche unsanfte Behandlung ihrer Standbildweltpersonen immer mit in Kauf zu nehmen.«

Das, was mir Wakusch Nr. 2 da über seine Pläne mit den beiden standbildweltlichen Staatsoberhäuptern in den Hintergründen seiner Wakuschgeschichten erzählt hatte, fand mein Gefallen. Während er mir die Sache noch entwickelte, war ich bereits viele Male bemüht gewesen, einen schwachen Punkt ausfindig zu machen, um daran – wenn der Lesestoffliche sich ausgesprochen haben würde – gleich den einen oder anderen Einwand gegen sein Vorhaben zu knüpfen. Aber ich hatte nichts gefunden, alle seine Gedanken, die dieses Standbildweltexperiment betrafen, waren wohl überlegt und gut genug begründet gewesen, so gut, daß ich aus meinem Erstaunen über ihn nicht herauskam. Wie hatte er, die Buchperson von Wakusch Nr. 1, es fertiggebracht, sich über sein Buchperson-Sein so perfekt in Kenntnis zu setzen? Wie war er dazu gekommen, über den aktuellen postsowjetischen Stand der Weltgeschichte so genau Bescheid zu wissen und in seine un- und antithematischen Beschäftigungen mit einzukalkulieren? Daß er als kaum gelesene Buchperson ausreichend Zeit gehabt hatte, um sich mit solchen für seine sowjetischen Erzählungen schon völligen Metathematizitäten nicht nur abzugeben, sondern sie auch vollkommen richtig zu enträtseln, konnte seine Fähigkeiten nur zum Teil erklären.

Ungelesene Buchpersonen wie ihn gibt es heute wie Sand am Meer, aber daß auch nur eine von ihnen sich zu denselben metathematischen Erkenntnissen aufgeschwungen hätte wie Wakusch Nr. 2, läßt sich nicht behaupten. Zweifellos mussten hier irgendwelche besonderen, eigens auf buchweltliche Philosophie und metathematische Physik abgestimmten, geistigen Wakuschqualitäten eine entscheidende Rolle spielen.

»Hoppla!«, rief ich mitten in diesen Überlegungen halb indigniert, halb erschrocken aus. »Was soll das?«

Der Polyp Polymat war nämlich, während wir noch sprachen, völlig lautlos zu uns herangesegelt, hatte wenige Meter über uns haltgemacht und einen seiner Dutzend Auf- und Absaugrüssel ganz nah vor mein Gesicht herabgesenkt. Das kam, weil ich den Polypen weder gesehen noch gehört hatte, so überraschend für mich, daß ich erschrocken und auch ziemlich wütend (denn ich glaubte zuerst Wakusch Nr. 2 hätte sich einen Spaß mit mir erlaubt) zusammenfuhr.

»Entschuldigung!«, sagte dieser gleich. »Der Apparat hat meinen Befehl – wie es scheint – mißverstanden. Ich dachte ihm die Worte ›Komm zu mir!‹ zu und er ist zu Ihnen gekommen. Der Kasten ist ja schon ziemlich alt und versteht manchmal nicht mehr so richtig, was man telepathisch von ihm will. Mein Wunsch ist, daß der Polyp nun das Medeabuch der Christa Wolf hier abholt, damit zur Medea rüberfliegt und es in ihrer Standbildwelt ablegt. Dann bin ich mit der Skulptur fertig und kann mich dem eigentlichen Thema meiner Erzählung widmen. Das ist der Besuch von Reso und mir bei dem sowjetischen General von Pizunda. Wollen Sie vielleicht mit uns zusammen dorthin gehen?«

»Nein, nein! Danke!«, murmelte ich abwehrend. »Vielleicht ein anderes Mal. Für mich ist es schon spät geworden. Aber die Übergabe des Buches würde ich noch gern miterleben. Sie wird doch nicht lange dauern, oder?«

Der lesestoffliche Wakusch winkte ab. »Das ist eine Augenblickssache, nicht mehr. Passen Sie auf!«

Mit diesen Worten winkte er dem Polypen, der sich inzwischen rücksichtsvoll etwas zurückgezogen – oder genauer – in die Höhe geschraubt hatte. Der Flugapparat kam auch prompt wieder näher an uns heran, als ihm Wakusch Nr. 2 das Buch der Christa Wolf auf einen seiner Dutzend Rüssel legte. Danach murmelte der Lesestoffliche dem Polypen etwas zu und der sonderbare Vogel machte eine Kehrtwende, nahm Kurs auf das Standbild und preschte mit dem Buch zu der Figur hinüber.

»Warum gehst du buchpersönlich nicht mit und prüfst nach, ob der Polyp auch alles richtig macht?«, erkundigte ich mich jetzt.

»Warum sagst du der Medea nicht noch ein paar nette Worte, bevor sie sich wieder standbildweltlich immobilisiert? Wäre das nicht das Mindeste, was du noch tun müsstest, bis du deine Arbeit mit ihr abgeschlossen hast?«

»Das wäre der gröbste Fehler, den ich machen könnte«, erwiderte mir Wakusch Nr. 2, nachsichtig lächelnd. »Mit Standbildweltfiguren darf man in buchweltlichen Experimenten wie diesem nicht persönlich werden. Sonst riskiert man, daß sie wegen ihrer Neugier und ihrem Wissensdurst auf immer mehr Informationen über die fremde Welt und die Fremdpersonen, mit denen sie dann in unmittelbare Berührung kommen, kaum noch oder jedenfalls nur sehr schwer wieder ihrer Standbildwelt zu integrieren sind. Solche würden dann in der Gefahr schweben, weltlos, also das unthematisch Überflüssigste, zu werden und durch ihre Nullbedeutung kläglich umzukommen. Daß wir solche fatalen Entwicklungen zu vermeiden haben, werden Sie verstehen.«

»Und warum kommt die Medea selbst nicht hierher, um das Buch entgegenzunehmen? Wenn diese Textwelt die Welt deines Willens und deiner Vorstellung ist, müsste das doch ganz leicht zu arrangieren sein. Wolle es nur, stelle es dir so vor und sie kommt! Wenn du ihr dann noch sagst, was ihr droht, wenn sie nicht auf ihren Sockel zurückkehrt, wird sie sich hüten, ihrer Standbildwelt fernzubleiben. Wo ist also das Problem?«, fragte ich.

»Vorsicht ist die Mutter der Porzellanfabrik«, sagte Wakusch Nr. 2 daraufhin. »Unter dieser Fabrik verstehe ich hier meine Erzählung, alles Thematische, aber auch alles Un-, Anti- und Metathematische, das ihren Inhalt ausmacht. Diese verschiedenen Thematizitäten miteinander verbinden, das kann man nur mit großem Fingerspitzengefühl. Manchmal kommt man sich dabei auch vor wie ein Seiltänzer. Mit dem Polypen operiere ich hier – Sie glauben doch nicht, daß ich das nicht weiß? – hart am Rande des thematologischen Mischmaschs. Aber es macht Spaß und ist – dieses Gefühl haben Sie mittlerweile auch schon entwickelt, das merk ich ja – auch stofflich nicht ohne jeden Sinn.«

Diese Worte lösten in mir erneut große Bewunderung für den lesestofflichen Wakusch aus. Er hatte bei seinem Experiment mit der Standbildweltdame wirklich an alles gedacht. Aber auch an seinen realen Autor? Dieser Gedanke schoß mir plötzlich durch den Kopf und sogleich stellten sich bei mir wieder Zweifel ein. Solche Dinge in ihrer Textwelt zu bewegen vermag keine Buchperson, ohne gegen die Lese-Lebensordnung zu verstoßen, die in jeder solchen Welt von ihrem realen Schöpfer-Autor eingerichtet ist. Hatte dieses Bürschchen seine Experimente mit den Standbildweltfiguren (und wenn es sich schon so was Abwegiges ausgedacht hatte, durfte man sicher sein, daß es noch ganz Anderes und Wilderes vor oder vielleicht sogar schon auf dem Kerbholz hatte), die nach seiner eigenen Ansicht »Beschäftigungen hart am Rande des thematologischen Mischmaschs« waren, nicht als tickende Zeitbomben in der lesestofflichen Schöpfung seines realen Verfassers ausgeheckt? Mussten diese Experimente – wenn sie den realen Lesern irgendwie bekannt wurden – für diese nicht augenblicklich zu absolut albernen und insofern auch unterhaltsamen, vielleicht sogar skandalösen Hauptsachen der Wakuschgeschichten werden und das jeweilige Thema dieser Geschichten zu völlig langweiligen Nebensachen herabsetzen? Und musste dieser Wechsel im lesestofflichen Sachwert der Wakuscherzählungen dann nicht gerade das sein, was ihrem Autor am wenigsten gefallen konnte? Bei diesen Reflexionen regte sich sofort wieder mein Verantwortungsgefühl als künstlicher Leser und Anreger aller Wakuschtexte, und beschloss jetzt doch noch ein strenges, mahnendes Wort an diesen als Textweltperson viel zu unternehmungslustigen Wakusch Nr. 2 zu richten.

Um aber nicht gleich damit herauszuplatzen, meine letzte Mahnung auf einem kleinen höflichen Umweg in unser Gespräch einzustreuen, warf ich zunächst Folgendes ein: »Warum winkst du der Medea nicht wenigstens noch ein paar Mal zum Abschied? Willst du sie so ganz ohne irgendein Zeichen, ohne ein ›Auf Wiedersehen!‹ in die standbildweltliche Erstarrung entlassen? Ist das nicht ziemlich unhöflich? Was wird sie dann denken? Sicherlich, daß du sie eben nur über sich selber informieren wolltest – vielleicht auch bloß, um zu sehen, ob überhaupt und wenn ja, wie die Sache verläuft – und daß sie dir mit all ihren Problemen ansonsten völlig schnuppe ist. Also bitte: Mach jetzt noch ein letztes Winke-Winke in ihre Richtung! Das ist doch das Mindeste und Leichteste.«

Während ich meinen Satz beendete, wollte ich selber schon die Hand zu einem Abschiedsgruß an die Medea heben, als der lesestoffliche Wakusch mich am Ärmel ergriff und meinen Arm hastig wieder herunterdrückte. »Was tun Sie?«, rief er leise und ärgerlich. »Wollen Sie mir hier alles verderben? Wenn die Medea uns winken sieht, wird sie das als Einladung verstehen, von ihrem Sockel herunter- und zu uns herzukommen. Der Gedanke, von zwei mächtigen Zauberern – und in ihrer Vorstellung sind wir das garantiert – gerufen zu werden, kann sie ohne weiteres dazu befähigen, dies auch wirklich zu tun. Und was – frage ich Sie – machen wir dann, wie bekommen wir sie dann wieder auf ihr Postament zurück, wie können wir sie dann wieder ihrer Standbildwelt integrieren, ohne viel Zeit zu verlieren? Das wird sich – wenn überhaupt – so leicht nicht machen lassen. Dann werden wir vielleicht vor eine unlösbare Aufgabe gestellt sein und können nur noch zusehen, wie die Medea sich mit ihren Kindern im Nichts auflöst, denn außerhalb ihrer Standbildwelt können solche Figuren nicht lange Teil der Erscheinungswelt sein. Also bitte kein unnötiges Risiko hier und runter mit dem Arm!«

Ich gehorchte ihm sofort, wenn auch ziemlich wütend, denn daß eine Buchperson sich ihrem Leser gegenüber so barsch benimmt, gehört sich einfach nicht. Nun bin ich zwar nur ein künstlicher Leser, der mit den realweltlichen Vertretern meiner Gattung sicherlich nicht konkurrieren kann, doch wenn es mich nicht gäbe, wäre mit dem Lese-Leben in der Textwelt des Wakusch überhaupt Schluß. Daß sie noch, wenn auch nur sehr andeutungsweise, sehr langsam und in manchen thematischen Belangen sicherlich auch nur sehr mangelhaft und oberflächlich funktioniert, hat man dort nur mir zu verdanken und deshalb steht es mir meiner Meinung auch zu, von den Buchpersonen dieser Welt – besonders wenn sie genau wissen, wer und was ich für sie bin – mit dem gebührlichen Respekt und der angemessenen Höflichkeit behandelt zu werden.

»Hören Sie bitte auch auf, der Medea zuzulächeln!«, befahl der lesestoffliche Wakusch jetzt und seine Stimme klang dabei immer ungehaltener. »Das kann sie nämlich auch als Einladung verstehen. Ziehen Sie, verdammt noch mal, ein ganz unbeteiligtes Gesicht, wenn Sie zu ihr hinübersehen, sonst kommt sie gleich im Lekuri angetanzt!«

Diese Worte des Lesestofflichen waren nicht gerade dazu berufen, meine Stimmung zu verbessern, doch ich hielt mich zurück, denn er konnte ja auch recht haben und jetzt noch zusätzliche Scherereien mit der Medea zu bekommen, war natürlich weder in seinem noch meinem Interesse. Die Standbildweltperson hatte das Buch der Christa Wolf inzwischen von dem Polypen Polymat erhalten, einen Blick auf seinen Titelnamen geworfen, zufrieden genickt und das Buch in den tiefen Falten ihrer Robe verschwinden lassen. Ihre beiden Kinder hatten bereits zu ihren Füßen Platz genommen und sahen genauso zu ihr hoch, wie sie das standbildwelturprünglich taten. Und in diesem Augenblick drehte sich auch der Polyp auf Anweisung von Wakusch Nr. 2 ruckartig von der Medea weg, während die Dame in ihrer originalskulptierten Pose standbildweltstofflich erstarrte. Ja, sie war nun ganz dieselbe Medea wie vorher. Vielleicht einen Deut weniger verzweifelt, und wenn man genauer hinsah, konnte man sogar denken, sie schaue ganz vergnügt in die Standbildwelt hinaus. Aber dafür musste man schon sehr genau hinsehen und vielleicht auch wissen, was für Ereignisse hier vorausgegangen waren.

»Ich kann mir nicht helfen, aber in der Standbildwelt der Medea kommt mir das Buch jetzt vor wie eine lesestoffliche Zeitbombe«, sagte ich, als es rund um die Skulptur wieder ruhig und der Polyp außer Sichtweite war (Wakusch hatte ihn jetzt, da seine Arbeit getan war, telepathisch wieder fortgescheucht). »Wenn sie es liest – und das wird sie ja machen, weil da so viel wichtiges über sie geschrieben ist, vor allem daß der Kindermord, den man ihr angehängt hat, in Wirklichkeit von anderen ausgeführt wurde –, wenn sie sich also mit dem Buch bekannt macht, muß ihr alles, was sie ihm entnehmen kann, mit der Zeit auch immer stärker mißfallen. Denn da steht ja schwarz auf weiß, daß alle ihre Kinder von den Korinthern als Sprößlinge einer bösen, für die Griechen besonders unheilvollen, Zauberin gnadenlos umgebracht werden. Ob das nun in der materiellen Realwelt oder nur in der lesestofflich irrealen Buchwelt geschehen ist, kann ihr dabei ganz egal sein. Die Hauptsache ist doch, daß dieses Unglück irgendwo und irgendwann geschehen ist, geschieht oder noch geschehen kann. Wie kann sie das als Mutter dieser Kinder gleichgültig wegstecken? Wird sie nicht immer wieder daran denken, sich immer wieder vorstellen, was für ein entsetzlicher Greuel am Ende ihrer Geschichte steht, sei dies eine reale oder irreale? Müssen die Seiten dieses Buches für sie dann nicht zu glühenden Kohlen werden, auf denen sie als unbewegliche Standbildweltperson stehen muß, die sie, da sie ja nicht davonspringen kann, auszuhalten hat, solange es sie dort als Standbild gibt? Aber vielleicht bricht ihr auch dieser ganze furchtbare Lesestoff zur Geisterstunde, wenn – wie du behauptest – Leben in sie kommt, das Herz und sie fällt tot um und ist standbildweltpersönlich nicht mehr (richtig) aufzustellen? Ich könnte mir vorstellen, daß unser liebenswürdiger realer Autor, Wakusch Nr. 1, wenn er von deinem Medeaexperiment erfährt, nicht sehr erbaut sein wird, daß er es streng ablehnt, solche hochriskanten Dinge in seiner Textwelt auszubilden und – wenn er das nicht sogar selber macht – dir befiehlt, der Medea den lebensgefährlichen Lesestoff wieder abzunehmen. Und ich sage dir: Er wird davon erfahren. Und zwar von mir, seinem künstlichen Leser. Ja, mein Lieber! Ich kann und darf ihm nicht verschweigen, was ich hier gesehen und gehört habe. Denn was du un- und antithematisch machst, ist – das hast du selber zugegeben – schon hart am Rande des Chaos. Niemals wird ein Autor dulden, daß sich in seinem Lesestoff, und wäre es auch bloß auf die hintergründigste und ephemerste Art, irgendwelche Antithematizitäten entwickeln. Mach' dich also schon jetzt darauf gefaßt! Ich schicke dir den realen Wakusch hierher und dann sieh' zu, wie du mit ihm fertig wirst!«

Ich hatte das eigentlich nur als Drohung ausgesprochen, um Wakusch Nr. 2 zu verstehen zu geben, daß er sich hier nicht alles erlauben durfte, was ihm gerade so in den Kopf kam, daß er Rücksicht zu nehmen hatte auf Personen, die in seinem Text (wo er ja unumstritten als Hauptperson figurierte) noch maßgeblicher waren als er selbst. Im Grunde wollte ich ihm, bevor wir auseinandergingen, nur noch einen tüchtigen Schreck einjagen, der den jungen lesekörperstofflichen Burschen dann vielleicht nachdenklicher und mit seinen un- und antithematischen Eskapaden vorsichtiger werden ließ. Natürlich lag es nicht in meiner Absicht den lesestofflichen Wakusch Nr. 2 bei unserem Schöpfer Wakusch Nr. 1 zu verpetzen. Jener Wakusch – so dachte ich in diesen Augenblicken – sollte bloß ein bisschen mehr Respekt vor diesem Wakusch bekommen und nicht denken, er sei hier in seiner ungelesenen Erzählung nur sich selbst und allen seinen un- und antithematischen Initiativen völlig unkontrolliert überlassen. Was er mit den Standbildern in seiner Geschichte vorhatte, fand ich alles in allem gut, es hatte meine volle Zustimmung und ich hätte – wenn überhaupt – dem realen Wakusch davon nur Positives erzählt. Meine Worte waren deshalb nur als Dämpfer auf die un- und antithematischen Aktivitäten von Wakusch Nr. 2 gedacht und hätten für ihn praktisch weiter keine Folgen gehabt.

Das konnte dieser natürlich nicht wissen und so fiel seine Antwort auf meine Drohung, ihm den stets argwöhnischen realen Wakusch auf den Pelz zu setzen, entsprechend ärgerlich aus. Was er jetzt sagte, war für mich, seinen künstlichen Leser und Beleber, auch äußerst interessant, ja so bedeutungsvoll erschien es mir, daß ich alles andere (die Medea, das bibliobiologisch-therapeutische Experiment mit ihrer Standbildweltgeschichte u. a.) darüber beinah vergessen hätte. Ich denke noch bis heute immer wieder daran. Und obwohl der zeitliche Abstand, den die ganze Sache inzwischen gewonnen hatte, mich jetzt eher vermuten läßt, der zweite Wakusch habe nur mächtig aufgeschnitten und das Meiste von dem, was er mich da zum Schluß hören ließ, sei nur geflunkert gewesen, um mich mit seiner engen Verbindung mit dem realen Wakusch zu verblüffen (und vielleicht auch ein bißchen zu erschrecken), so ist dennoch auch vieles von seinem un- und antithematischen Experiment mit der Medea von mir selber beobachtet worden, also etwas lese-lebensmäßig Gültiges und Wahres. Ferner besteht auch kein Zweifel, daß alles, was der zweite Wakusch mit den Skulpturen der beiden sowjetischen Chefpolitiker geplant hatte, inzwischen (in den unthematischen Hintergründen seiner Erzählungen) zur Ausführung gekommen ist. Genaueres weiß ich zwar noch nicht (Die Leserbesuche – auch die, welche von einem künstlichen Leser wie mir gemacht werden – in den unthematischen Hintergründen der literarischen Buch- und Textwelten sind immer besonders anstrengend und zeitraubend, weil man als Leser im thematisch Ungeprägten wandert und erst ganze Tage, ja manchmal auch Wochen, vergehen müssen, bis man dem Ziel, das man sich dort gesetzt hat, nähergekommen oder man wenigstens auf dem richtigen Weg dorthin ist. Über so viel Zeit verfüge ich, eben weil mich andere lese-lebenswichtige Aufgaben festhalten, leider nicht), aber mein Gefühl sagt mir, daß der lesestoffliche Wakusch sich nach der Medea auch die Figuren der beiden Politiker vorgenommen und sie in ihrer Standbildwelt nicht wenig verärgert hat. Auf meine Intuition kann ich mich felsenfest verlassen: Als künstlicher Leser der Wakuschtexte bin ich imstande, seismographisch genau jede un- und antithematische Veränderung in diesen Texten zu registrieren, kann stets sagen, wo ungefähr – in welcher Wakuscherzählung – sie vor sich geht oder schon stattgefunden hat.

Was also der lesestoffliche Wakusch zuletzt noch sehr unmutig von sich gab, darf von mir bestimmt nicht auf die leichte Schulter genommen werden. Selbst das Unglaublichste und Absurdeste, was er mir da verkündete, – mittlerweile habe ich mich zu dieser Ansicht durchgerungen – ist es wert, daß ich immer wieder darüber grübele, die Sache drehe und wende, ob sich – und das wäre ja dann sensationell, denn es würde mein ganzes Lese-Lebensverständnis völlig neu orientieren – vielleicht ein Krümel Wahrheit darin findet.

»Die Sorgen, die Sie sich um die Medea machen, sind wirklich rührend«, begann also der Lesestoffliche, den Mundwinkel spöttisch hochgezogen. »Aber sie sind auch gänzlich grundlos, denn daß das Buch der Christa Wolf die Medea erschrecken und in die Verzweiflung über ihre Geschichte, welche dort erzählt ist, stürzen könnte, muß jeder, der sich auch nur ein bißchen auf die Weltdifferenzen versteht, in denen wir uns hier bewegen, für völlig unmöglich halten. Es gibt so viele Medeas wie es Kunstwelten gibt, in denen sie, ihrem mythisch-sagenhaften Prototyp künstlerisch nachgebildet, existieren. So ist zum Beispiel die standbildweltstoffliche Medea aus der Schöpferhand des Bildhauers Merab Berdzenischwili und die lesestoffliche Medea aus der Feder der deutschen Schriftstellerin Christa Wolf nicht ein und dasselbe Individuum. Sie ähneln sich zwar, sind also miteinander verwandt, aber nur insofern, wie verschiedene Ebenbilder mit oder in ihrem Urbild zusammenfallen. Dieses Urbild ist von seinen Ebenbildern durch Welten getrennt. Und diese Welten – die lese- und die standbildweltstoffliche – unterscheiden sich auch noch als temporale Strukturen wesentlich voneinander: Die lesestoffliche ist ein dynamisches Nacheinander der verschiedensten Begebenheiten, welche zusammen die ganze traurige Geschichte – eben die Lese-Lebensgeschichte – der Medea ausmachen. Dagegen ist ihre standbildstoffliche Welt immer bloß die Augenblickswelt, in der sie uns skulptiert erscheint. Hier ist das der Moment, wo ihre Kinder leben und noch nichts Katastrophales passiert ist. Das Desaster ist und bleibt aus diesem standbildlichen Glücksmoment ausgeschlossen, weil er im wesentlichen etwas Statisches ist und keine Entwicklung kennt. Diesen für sie so glücklichen Sachverhalt kann die Medea – ich meine die, mit der wir es hier in meiner Geschichte zu tun haben – ganz leicht selber begreifen, wenn sie nur genauer über sich nachdenkt und die notwendigen Schlüsse aus ihrem statischen modus vivendi zieht. Ihrer Selbsterkenntnis werden auch die Zeilen förderlich sein, die ich ihr in das Buch, das ich ihr überbringen ließ, mit hineingeschrieben habe. Jetzt bleibt hier theoretisch nur noch die Frage, was die Medea, wo der Polyp doch verschwunden ist, noch vivifizieren könnte, denn sie muß ja beweglich und fähig werden, über die Dinge nachzudenken, welche über sie in dem Buch geschrieben stehen, d. h. sie muß sich des Vorteils ihrer Standbildweltlichkeit vor der Lesestofflichkeit ihres um so viel unglücklicheren textuellen Ebenbildes gewahr werden. Dazu ist zu sagen: Mit dem Wissen, das sie über die Wahrheit ihres Lebens schon besitzt – sie hat ja hier auch schon Zeit genug gehabt, das Buch ein bißchen einzusehen und vor allem auch den Begleitzettel zu lesen, den ich ihr schrieb – wird diese Medea imstande sein, zur Geisterstunde in dieser Wakuscherzählung aufzuleben, dieses Wissen wird wie ein lesestofflicher Stachel in ihrem Standbildweltkörperstoff stecken, der sie und ihre Kinder zu besagter Stunde wieder ins Leben zurückstößt und es ihr möglich macht, sich mit ihrem eigenen Sein und ihrer Zeit kritisch auseinanderzusetzen.«

»Der wievielte Schopenhauerismus ist das nun?«, fragte ich ihn (es sollte sarkastisch klingen, hörte sich jedoch ganz anders, nämlich eher positiv und neugierig, an).

»Ich habe nicht gezählt«, erwiderte er mir kühl. »Es tut ja auch nichts zur Sache. Die Hauptsache ist doch wohl, daß Sie nun wissen, welcher temporale Sinn- und Seinsunterschied die beiden Medeas – die in der Skulptur da vorne und die in dem Buch der Christa Wolf – voneinander trennen und wie und warum es unmöglich ist, daß das lesestoffliche Unglück der einen für die andere jemals von Gültigkeit sein könnte. Das zum einen, mein Herr. Zum anderen muß ich Ihnen sagen, daß mich Ihre Drohung, Sie würden den realen Wakusch über mein Medeaexperiment und alles andere informieren, völlig unbeeindruckt läßt. Sie wollen ihn auch zu mir hierher schicken, damit ich direkt mit ihm zu tun bekomme? Bitte sehr! Ich habe nichts dagegen. Gar nichts. Und wissen Sie auch, warum? Weil nämlich Wakusch Nr. 1 über alles, was seine Nummer 2 un- und antithematisch in seinen Erzählungen unternimmt, bestens unterrichtet ist, weil er von allem weiß und lange vor Ihnen auch immer schon davon gewußt hat, weil Sie ihn also mit diesen Informationen gar nicht überraschen können. Deshalb. Ja, da staunen Sie, was? Aber so ist es. Was immer ich hier un- und antithematisch gemacht habe, wie immer ich un- und antithematisch verfahren bin, passierte nur auf Wunsch von Wakusch Nr. 1. Er ist es letztlich auch, der mir die Idee mit den Standbildweltveränderungen eingegeben hat oder glauben Sie vielleicht, daß eine so ungelesene, also lese-lebensenergetisch ausgemergelte und ausgeschöpfte Buchperson wie ich jemals imstande wäre, solchen Einfällen bei sich Raum zu geben, geschweige denn in praxi umzusetzen? In unserer leserschwindsüchtigen Lebensverfassung kommt man vielleicht, und dann auch nur, wenn man zum Tüfteln besonders geneigt ist, zu metathematischen Einsichten über unser Leseleben, welche einem normalerweise, wenn man also als Buchperson regelmäßig gelesen wird und sich bibliobiologisch gut fühlt, schon aus Gründen des pausenlosen buchthematischen Engagements, dem man sich ja dann zu unterziehen hat, verwehrt sind. Ja. Aber das ist dann bloß die metathematische Theorie, verstehen Sie? Der pure Gedankenkram. Zur Praxis, besonders zum metathematischen Handeln, gehört noch etwas ganz Anderes, nämlich reale Vorstellungs- oder Lese-Lebensenergie, ohne die man als leserschwindsüchtige Buchperson nicht viel, eigentlich gar nichts, machen kann. Jetzt verziehen Sie gekränkt Ihr Gesicht, denn – das ist hier Ihre Ansicht – so ganz leserschwindsüchtig sind wir ja in unseren Wakuscherzählungen nicht, weil Sie, der künstliche Leser dieser Geschichten, uns hier immer noch irgendwie am Lese-Leben erhält. Mein lieber Herr! Der kleine Lese-Lebensfunke, den wir von Ihnen haben, genügt ja nicht einmal für die ordentliche Lösung aller unserer buch- oder textthematischen Aufgaben in unseren Geschichten. Wie sollte er mir da auch noch die unthematischen Manipulationen mit der Medeafigur ermöglichen? Mit diesem Lese-Lebensfunken hätte ich mir niemals den Polypen Polymat heranholen, niemals die standbildweltliche Medea lebendig machen können. Ja, dieser Funke Vitalität ist so geringfügig, daß er sich von uns nicht einmal richtig speichern und damit in größere Quantitäten verwandeln läßt. Er liegt hart am Rande des absoluten Nullwertes und wie – frage ich Sie – sollte es mir möglich sein, mit diesem lese-lebensenergetischen Minimum meine Experimente in der Standbildwelt der Medea zu bestreiten?« Der Lesestoffliche sah mich nach diesen Worten herausfordernd an und fuhr – da ich nichts sagte, denn es gab ja auch gar nichts zu antworten – dann fort: »Es war also niemand anders als der reale Wakusch selber, der mich alles, was Sie gesehen haben, mit dem Standbild machen ließ, der meine Gedanken und Hände führte, wenn ich mit der Skulptur beschäftigt war. Das ist in diesem Fall aber noch nicht alles. Ich glaube auch, daß Ihr Besuch hier bei mir, der ja darauf abzielte, und es sicherlich auch immer noch tut, meiner un- und antithematischen Experimentierfreudigkeit einen Riegel vorzuschieben, etwas war, das Wakusch Nr. 1 Sie bewusst vollziehen ließ; daß alles, was Sie mir im Laufe der letzten halben Stunde gesagt haben, praktisch von ihm selbst stammt und wir beide hier immer nur das gedacht, gesagt und getan haben, was als Autor aller Wakuschgeschichten sein Wille und seine Vorstellung war. Ja, ich bin mir sogar nicht mal sicher, ob die Gedanken, die wir jetzt gerade äußern, die Dinge, die wir im Augenblick miteinander bereden, nicht eigentlich auch aus seiner Feder stammen, ob der reale Wakusch unsere ganze Begegnung in dieser Erzählung als ihr Autor nicht selbst verursacht, also darin thematisch vorgesehen und so aufgeschrieben hat, wie sie gelaufen ist und bis jetzt auch immer noch läuft. Als Schreiberling, der um jeden Preis etwas Ausgefallenes produzieren, die Leser mit etwas in der Buchwelt zuvor noch nicht oder jedenfalls in dieser Form noch nicht Dagewesenem überraschen und ködern möchte, traue ich ihm das ohne weiteres zu. Jetzt werden Sie mich sicher noch fragen wollen, woher ich das alles weiß, wie ich als Buchperson meinen Autor inwendig so genau und gut kennen kann. Darauf mit dem Hinweis zu antworten, daß man als metathematisch-metaphysisch besonders begabte Buchperson in seinen unthematischen Lese-Lebensmomenten imstande ist, auch bis in die Gedankengänge seines Schöpferautors hineinzusehen und zu hören, erübrigt sich. Denn wir Buchpersonen sind ja als die von unserem realen Schöpfergeist objektivierten auch immer zugleich die von diesem Geist, von seiner Subjektivität und seinem Selbstsein, am distanziertesten. Diese Lese-Lebensdistanz aus unserem eigenen Willen und unserer eigenen Vorstellung heraus zu überbrücken, ist uns nicht gegeben. Als die Geschöpfe unseres Schöpfers sind wir dafür geistig viel zu schwach. Und doch ist das Überwinden solcher Distanz für uns möglich, ja: Wir können diesen Abstand auch durchaus aufheben und uns in die Gedanken- und Wunschwelt unseres Autors hineinbegeben, können dort, wenn nicht alles, so doch zumindest alles uns direkt Betreffende selber erfahren, wenn er es so will und es sich so vorstellt. Und ich glaube, mein Herr, alles, was sich hier und jetzt mit mir zutrug und noch zuträgt, nämlich mein standbildweltliches Experiment, in dem sich ja auch mein Wissen über alle un- und antithematischen Pläne unseres realen Autors Wakusch in dieser Wakuscherzählung spiegelt, bis hin zu diesem Gespräch, das wir miteinander führen, ist gerade so ein Fall. Das alles konnte und kann buchweltlich nur möglich und faktisch sein, weil er es so wollte und so will, weil er es sich so vorstellte und auch immer noch so vorstellt. Jawohl!«

Hier machte der Lesestoffliche wieder eine kleine Pause, in der er mich prüfend von der Seite anstarrte, vielleicht abwartend, ob ich Einwände zu machen hätte. Aber ich schwieg weiter, erstens weil es von meiner Seite einfach nichts zu sagen gab: Was er von dem standbild- und buchweltlichen Lebenshorizont behauptet hatte, war – das fühlte ich instinktiv – von ihm sorgfältig genug durchdacht und sicherlich nicht ganz falsch. Das hatte Hand und Fuß oder es sah wenigstens danach aus. Jetzt mit ihm Diskussionen zu entfachen, wäre bestimmt nicht sehr weise gewesen. Und zweitens war dieser rhetorische Ausbruch des Lesestofflichen – weil er alle seine eigenen (un- und antithematischen) Gedanken und Handlungen auf ihre Eigenheit und Selbständigkeit hin hinterfragte, ja weil er sie ganz offen und ohne zu zögern seinem realen Autor, also Wakusch Nr. 1, zuschrieb – für mich die faszinierendste aller Überraschungen, etwas, das ich mir, ohne Einwürfe zu machen, ohne dazwischenzureden, bis zu Ende anhören wollte. Irgendwie waren es ja auch meine eigenen Gedankengänge, die er mir da kundtat (man erinnert sich vielleicht, daß mich auch mitunter das Gefühl befällt, von dem realen Wakusch in diesem Job als künstlicher Leser bewusst buchpersonifiziert zu sein oder zu werden und das ist ja im Prinzip dasselbe wie die Behauptung des lesestofflichen Wakuschs, wir beide reproduzierten in unserem Gespräch hier lediglich die Reflexionen von Wakusch Nr. 1 und er habe mit seinem Standbildweltexperiment nur dem Willen und der Vorstellung seines Autors entsprochen). Hier möchte ich auch gleich sagen, daß ich dieser These des lesekörperstofflichen Wakusch in jenem Moment, als er sie hervorbrachte, keinen Glauben schenkte (und das bis heute auch nicht tue), daß ich seinen Worten nur hochinteressiert lauschte, weil unsere Meinungen zumindest in diesem einen Punkt zusammenfielen und er davon auch sehr unterhaltsam erzählte. (Ich halte dafür, daß man als Buchperson, selbst als die metathematisch-metaphysisch versierteste, mit allen kognitiven Äußerungen über den eigenen Autor sehr vorsichtig sein muß. Denn was man in dieser Hinsicht für (s)eine Erkenntnis hält, kann auch schnell nichts weiteres sein als ein völlig subjektives, also aus der Luft gegriffenes, buchpersönliches Hirngespinst.)

»Und ich wage sogar zu sagen, mein Herr, daß die Grundlage

für alle Denk- und Handlungsidentitäten zwischen dem realen Wakusch und meiner Wenigkeit sich auch noch um eine Person erweitern läßt«, fuhr Wakusch Nr. 2 jetzt fort. »Daß sie also nicht nur aus ihm und mir besteht – denn praktisch sind wir ja ein und dieselbe Real- und Buchperson –, sondern daß noch ein Dritter zu diesem Grundgerüst gehört, welches zumindest für diese Wakuscherzählung unzureichend wäre, wenn es ihn dort nicht auch geben würde«, fuhr er jetzt fort.

»So, so!«, rief ich gleich interessiert. »Und wer ist dieser Dritte, deiner Ansicht nach?«

»Sie!«, sagte er zu meiner Überraschung. »Als der von Wakusch Nr. 1 als künstlicher Leser für alle seine Wakuschtexte Eingesetzte, können Sie ja gar nicht anders, müssen Sie mit ihm identisch sein, im wesentlichen auf jeden Fall. Ein Autor, der sich so etwas wie einen künstlichen Leser für seine Textwelt ausdenkt, denkt sich auch immer selber in solchen Leser mit hinein. Weil nur er es ist, der ihn bezweckt und sich vorstellt, muß er auch mit ihm zusammenfallen, mindestens in dem Wunsch und Willen, seiner praktisch ungelesenen Text- oder Buchrealität eine permanente Lese-Lebensquelle zu verschaffen. Sie, mein Herr, sind hier Wakusch Nr. 3. Das steht jedenfalls für mich ganz zweifelsohne fest. Glauben Sie mir: Unser realer Autor existiert unter anderem auch auf uns beide verteilt. Wir sind – obwohl Ihnen das nicht schmecken wird – zwei verschiedene seiner Buchpersonifizierungen, die er in dieser Wakuschgeschichte un- und antithematisch auftreten läßt, die er genauso denken, sprechen und handeln läßt, wie wir hier gedacht, gesprochen und gehandelt haben, ja, wie wir – die Geschichte ist ja in diesem un- und antithematischen Sinn immer noch nicht ganz zu

Ende – jetzt noch weiter denken, reden und uns verhalten. Praktisch figurieren wir hier – resümierend läßt sich das durchaus sagen – in einer um drei Wakusche erweiterte Wakuschgeschichte.«

Das war zwar gar nicht so ungeschickt formuliert, aber – wie ich fand (und auch immer noch finde) – total aus den Fingern gesogen, aus der Luft gegriffen, denn wozu in aller Welt sollte sich Wakusch Nr. 1 auf zwei andere Wakusche verteilen und diese Verteilung in (s)einer Wakuschgeschichte auch noch buchpersonifizieren, er, der sich doch prinzipiell aller unnötigen Verkomplizierung seiner Lesestoffe verwahrt, da er genau weiß, wie wenig so etwas in der realen und heute besonders realistisch eingestellten Leserwelt gefällt?

Und wieder mal ganz so, als ob er meine Gedanken erraten hätte und wir hier tatsächlich ein und dieselbe Wakuschperson gewesen wären, antwortete mir Wakusch Nr. 2: »Wenn sie jetzt die Buchpersonifizierung von uns dreien aus Gründen der notorischen Unpopularität von zu anspruchsvollen Lesestoffen in der heutigen Literatur- und Leserwelt für unwahrscheinlich halten, sei Ihnen gesagt, daß unserem Autor Wakusch schon jetzt jedes, selbst das spielerisch-komplizierteste, Mittel zur lesekörperstofflichen Gestaltung recht ist, vorausgesetzt, es bleibt bei all seiner symbolischen Umwege unterhaltsam genug, um wenigstens den etwas anspruchsvolleren Leser zu amüsieren und ihn für eine, wenn auch noch so geringe, Lese-Lebenszeit festzuhalten. Seiner Meinung nach ist die Buchpersonifizierung der drei Wakusche im Zusammenhang mit der Medea von Kolchis gerade ein solches Mittel.«

Wakusch Nr. 2 hatte während dieser letzten Worte auf die Uhr gesehen und sprang hastig auf. »Die Zeit für unseren Besuch bei dem sowjetischen Kommandanten von Pizunda ist gekommen«, rief er.

»Entschuldigen Sie mich, aber ich muß fort. Mein Freund Reso
wartet sicherlich schon auf mich im Hotel. Aber da fällt mir eben
ein: Sie sind ja unser künstlicher Leser und insofern auch Wakusch
Nr. 3. Als solcher stehen Ihnen in dieser Erzählung selbstverständlich alle Türen offen. Wie ist es? Möchten Sie mitkommen und der
Tischgesellschaft bei dem russischen General einen ganz besonderen,
bibliobiologischen, Touch geben? Aber was rede ich? Vielleicht ist
Ihr Besuch mit uns zusammen bei dem General von Wakusch Nr. 1
auch eingeplant, also schon eine von ihm fest beschlossene Sache
und dann müssen Sie einfach mitkommen, ob Sie wollen oder nicht.
Dann will unser realer Autor Wakusch die Situation bei dem General auch metathematisch auf die Spitze treiben. Als Autor kann
er das ohne weiteres, ist ihm alles erlaubt; ja und dann gehört Ihr
Besuch dort auch noch zu ihrer Buchpersonifizierung in dieser
Wakuschgeschichte. Was ist nun? Kommen Sie mit?«
    »Nein, danke!«, antwortete ich gleich fest entschlossen. »Als
künstlicher Leser aller Wakuschtexte habe ich euren Besuch bei der
Generalität von Pizunda zwar unmittelbar noch niemals miterlebt
– dafür war bis jetzt einfach keine Zeit, weil es, wie du vielleicht verstehst, unter diesen Texten wichtigere und leserschwindsüchtigere
gibt, denen unbedingt geholfen werden muß, sonst beginnt dort
sofort das große Sterben der Buchpersonen und überhaupt aller
Lese-Lebenwesen –, aber einmal werde ich ganz bestimmt hierher-
kommen, nur um zu erfahren, was ihr – du und dein Freund – bei
dem General verloren habt.«
    Natürlich lehnte ich die Einladung von Wakusch Nr. 2 hauptsäch-
lich nur ab, um zu sehen, ob er die Wahrheit sprach, ob es wirklich Wakusch Nr. 1 war, der hier hinter allen unseren Gedanken und

Handlungen stand und uns für seine Erzählung buchpersonifizierte. Wenn nichts geschah, d.h. wenn wir beide uns trennten, waren alle Behauptungen von Wakusch Nr. 2 oder jedenfalls ein großer Teil davon nichts weiter als seine eigenen Hirngespinste gewesen.

Und als hätte er meinen Gedankengang wieder erraten, sagte der Lesekörperstoffliche dann lächelnd: »Na gut! Wie Sie wollen, mein Herr! Ich darf Sie aber darauf aufmerksam machen, daß, wenn Sie jetzt nicht mitkommen, dies ja genauso gut der Wille und die Vorstellung des Wakuschs Nr. 1 sein könnte, seine Idee, dieser Erzählung über die Medea und uns dreien so einen Abschluß zu geben. Ja beinah hätte ich das noch vergessen«, rief er, sich schon in Richtung des »Goldenen Vließes« (des Hotels, wo er und Reso wohnten) entfernend. »Wenn es Ihnen mal einfallen sollte, unsere Medea hier mitternachts zu besuchen, um zu sehen, was sie so treibt, ob und wie sie zum Beispiel das Buch über sich liest, das sie von uns bekommen hat – ich weiß, das interessiert Sie alles wenig, aber es könnte ja sein, daß die Neugier Sie einmal doch packt, das nachzuprüfen –, dann, bitte, nicht zu nahe an die Medea herangehen. Das könnte sie erschrecken und ihr beim nächsten Mal das Lebendigwerden in der Geisterstunde erschweren. Sie sind ja auch selbst als Buchpersonifizierter keine echte Buchperson und eine zu geringe Entfernung könnte sich deshalb negativ auf das Standbild auswirken, sie könnten es dadurch deaktivieren und wieder immobilisieren, sodaß kein Polyp und kein un- und antithematischer Zauber es uns jemals wieder lebendig macht. Auf Wiedersehen!«

Ich hatte ihm zum Abschied zugewunken und war – übrigens ohne irgendeinen Widerstand, ohne den leisesten Wunsch zum Mitgehen zu verspüren; ich war in dem Moment also keinesfalls buchpersonifiziert, jedenfalls nicht so, daß ich zusammen mit Wakusch Nr. 2 den sowjetischen General von Pizunda hätte besuchen müssen – fortgegangen. Das tat ich aber auch mit der festen Absicht, bald wiederzukommen und mir – ganz so wie Wakusch Nr. 2 sich das schon gedacht hatte – das lebendige standbildweltstoffliche Medea-Wunder anzusehen, zu erfahren, ob die archaische Dame auf dem Sockel sich mitternachts wirklich in die Leserin des Medeabuches der Christa Wolf verwandelte und sich in ihrer Standbildwelt dann alles auch so zutrug, wie Wakusch Nr. 2 behauptet hatte. Nun, ich bin nicht enttäuscht worden: Die Aussagen des Lesestofflichen bezüglich der Medea stimmten auf jeden Fall mit der mitternächtlichen Situation des Standbildes in jener Wakuscherzählung völlig überein. Das Wunder ist auch ein regelmäßiges, sich jedesmal, wenn ich dahin komme, ereignendes. Ich hatte übrigens auch gehofft, dort Wakusch Nr. 2 zu begegnen und hätte – weil er sie ja un- und antithematisch dort eingerührt hat – ihm dann auch gerne zu der bestimmt sehr sehenswerten Sache gratuliert. Aber bis jetzt konnte ich den lesestofflichen Wakusch bei dem standbildweltlichen Schauspiel, das sich dort einem bietet, leider nicht entdecken. Dafür gibt es immer einen Haufen von absoluten Hintergrund- oder Nebenpersonen der Wakuschgeschichte, welche sich für das Schauspiel versammeln und dort seine respektvollen Zuschauer bleiben, solange es andauert. Ein Schild, das alle bittet, einen Zwanzig-Meter-Abstand von der lebendigen Medea in ihrem Standbildweltaugenblick zu wahren, und das mit »Wakusch Nr. 1, 2, 3« unterschrieben ist, hält alle (mindestens alle Nebenpersonen, von Lesern sieht man dort natürlich keine Spur. An ihrer hartnäkkigen Abwesenheit hat – wie es scheint – auch das Medea-Wunder nichts ändern können) gehorsam auf Abstand. Ja, ich habe da als Betrachter des Medea-Wunders oft zwischen absoluten Hintergrundpersonen gesessen. Konkret sind das Leute aus dem Strandpublikum von Pizunda, die in dieser Wakuschgeschichte weiter nichts zu tun brauchen, als sich in der Sonne zu aalen, ab und zu mal baden zu gehen oder mit einem Nachbarn am Strand Domino oder Karten zu spielen. Ja, auch das ist – weil es ja in den Wakuschgeschichten keine Leser gibt – jetzt nicht mehr so notwendig. Wenn sie wollen und – vor allem wenn sie als praktisch ungelesene und nur von der Lese-Lebensenergie in ihrem anorganischen Speicher lebende – auch lesekörperstofflich fit genug sind, können diese Buchpersonen völlig unthematisch die dortige, übrigens reizende, Umgebung erkunden, d. h. sie können sich aus dem thematischen Umfeld der Geschichte hinausbegeben und völlig andere semantische Topoi mit schönen Kirchen, anderen Menschen und Märkten in Augenschein nehmen, solange es ihnen gefällt. Seit es aber das Medea-Wunder gibt, seit diese Frauenfigur um Mitternacht beweglich wird und mit ihren zwei kleinen Kindern am Meeresufer spielt, versammeln sich die absoluten Hintergrundpersonen in dieser Wakuschgeschichte am liebsten an diesem Denkmal, um das un- und antithematische Mirakel immer wieder mitzuerleben und zu bestaunen.

Es ist ja auch wirklich eine in ihrer Art völlig unikale Sehenswürdigkeit: Die erzene junge Frau ist von ihrem Sockel heruntergekommen und sitzt mit ihren zwei Kindern am Strand. Sie hat das Medeabuch von Christa Wolf bei sich liegen, aus dem sie über die gesamte Zeit ihrer phantastischen Vivifizierung hinweg Seiten ausreißt, sie zu kleinen papierenen Schiffchen zusammenfaltet und diese dann dem nun sehr behutsamen Wellengang aufsetzt. Ihre beiden Buben kauern, große Augen machend, dabei und tauschen flüsternd Worte mit ihrer Mutter aus, die für das entfernter sitzende Publikum unverständlich bleiben. Aber selbst wenn man sich näher befände, würde man nichts von dieser Unterhaltung begreifen können, denn diese – so scheint es mir jedenfalls – wird in einer uns völlig unbekannten Sprache, vermutlich in altem Griechisch oder Kolchidisch, geführt. Dann zerreißt ein plötzlicher lauter Jubel (den die zwei Medea-Kinder ausstoßen) die Stille und dem fröhlichen Geschrei folgt auch gleich der kräftige Applaus der Zuschauer. Auf den sanften Meereswellen ist dann nämlich eine kleine Flotte aus Papierschiffchen versammelt (ihre Zahl schwankt; manchmal sind es zehn, manchmal auch etwas mehr oder weniger), die bereitsteht, um abzusegeln, und nur noch auf einen günstigeren Wind und eine kräftigere Strömung wartet. Lauter Argos, die bei den ersten guten Zeichen in See stechen wollen.

»Sie sind als symbolischer Gruß für ihre um so viel unglücklicheren lesekörperstofflichen Kinder in Korinth gedacht«, sagte mir einmal eine absolute Nebenperson, die ich da gefragt hatte, was die Papierschiffchen und der Beifall, den man ihnen spendete, zu bedeuten hätten. »Und wir sind jedesmal gerührt, zu sehen, wie die Medea aus ihrem sicheren Standbildweltmoment heraus, ihrer tragischen Ebenbilder in allem dynamischen Lesestoff, vor allem ihrer Kinder in dieser unseligen Geschichte, gedenkt. Retten kann sie damit nichts, aber es ist doch ein schönes, die erzene und papierene Differenz zweier so abgrundtief verschiedener Seinsregionen überspannendes, Mitgefühl, Ausdruck auch – wenn Sie wollen – des Mitleidens einer Standbildperson mit ihren Buchpersonen, die in ihrer beweglichen Geschichte ja viel Schlimmeres erleben müssen als sie.«

Nach diesen Worten bedachte ich ihren Redner mit einem schnellen prüfenden Seitenblick, denn mir war vorgekommen, als stammten sie von Wakusch Nr. 2. Aber nein! Er war es nicht. Es war jemand, den ich in den Wakuschgeschichten zuvor noch nie gesehen hatte. Alle Hauptpersonen dieser Geschichten sind mir mindestens flüchtig immer schon bekannt (als künstlicher Leser von solchen Erzählungen, der sich fortwährend mit ihnen zu beschäftigen hat, damit sie von der in ihnen wütenden Leserschwindsucht keinen unwiderruflichen Schaden nehmen, entwickelt man ein scharfes Gedächtnis für alle thematisch etwas profilierteren Personen des Wakuschstoffes). Die Möglichkeit, daß es ein realer Leser war, entfiel hier natürlich vollkommen (erstens strahlte er keine Realität aus, wie das alle realen Leser in den Buch- und überhaupt Textweltwirklichkeiten tun, die Energiequelle, die sie für das ganze Lese-Leben ja immer nur sind, verrät sie sofort und macht sie zum Anziehungspunkt für alle Buchpersonen, die sich in der Nähe von ihnen befinden). So konnte dieser Mann also nur eine absolute Nebenperson der Wakuschgeschichte sein.

»Sie reden ja sehr treffend und schön über das Schauspiel, das wir hier betrachten«, sagte ich zu dem Unbekannten, weil mir wirklich gefiel, was er gesagt hatte. »Es ist sicherlich nicht das erste Mal, daß Sie es hier genießen. Darf man fragen, wie oft Sie ihm schon beigewohnt haben?«

»Aber natürlich. Mit dem heutigen Besuch sind es schon genau 25 Mal. Es gibt hier viele, die haben die vivifizierte Medea schon mehr als hundert Mal bewundert. Daß sie hier zu sich kommt und mit ihren Kindern die Schiffchen schwimmen läßt, empfinden wir alle – und ich glaube mit vollem Recht – als ein großartiges Ereignis, das jeder gern bereit ist, sich immer wieder anzusehen«, entgegnete er mir voller Begeisterung.

»Hm! Aber wenn sie jede Nacht, sozusagen am laufenden Band, so viele Buchseiten in Papierboote verwandelt und davonschwimmen läßt, muß sich dann nicht die Frage stellen, wie lange der Seitenvorrat reicht? Ja, daß es immer noch Seiten genug zu geben scheint, die sie aus dem Buch ausreißen und für diesen Zweck verwenden kann, ist, mit Verlaub gesagt, schon rätselhaft genug. So viele Blätter hat das Buch ja gar nicht, das sie dafür verwendet. Einmal muß doch Schluß sein damit. Normalerweise müßte dieses Ende des Seitenvorrats schon längst erreicht sein, finden Sie nicht auch?«, wandte ich ein.

»Nein, das finde ich nicht. Die unerschöpfliche Seitenzahl des Buches, mit dem die Medea da hantiert, ist zusammen mit allem was man wissen muß, um ihre Beschäftigung zu verstehen, in einem kleinen Prospekt erklärt, das die drei Wakusche unterzeichneten und das man hier in jedem Hotel für ein paar Kopeken kaufen kann. Daraus geht unter anderem hervor, daß das regelmäßige Spielen der Medea mit ihren Kindern am Strand auch von dem Willen und der Vorstellung aller Zuschauer abhängig ist, die sie dabei beobachten. Es werden also so viele Seiten in dem Buch für die Medea verfügbar sein, wie wir es hier wollen und uns vorstellen. Ja, und das wollen und tun wir natürlich immer«, sagte der Unbekannte.

»Wer sind die drei Wakusche?«, wollte ich diesen Herrn noch fragen, ließ es aber dann doch bleiben, denn aller Wahrscheinlichkeit nach wußte er, wußten das alle hier, aus dem Prospekt, der das standbildweltliche Schauspiel mit der Medea und ihren beiden Kindern erklärte. Wenn die drei Wakusche dort unterzeichneten, musste wohl auch etwas über sie selbst gesagt sein. (Man glaube übrigens nicht, daß ich – wenn ich hier »drei Wakusche« sage – mich selbst dazuzähle! Weit davon! Ich bin nach wie vor der Ansicht, daß ich mit ihnen nicht zuammenfalle, daß ich eine unabhängige (wenn auch von Wakusch Nr. 1 künstlich erschaffene, beziehungsweise ausgedachte) Leserperson bin, die auch sehr wohl ihre eigenen Gedanken haben und machen kann, was sie will. (Und überhaupt: Diese ganze Medeageschichte halte ich auch bis heute immer noch für einen hinter dem Rücken des realen Wakusch durchgeführten un- und antithematischen Schabernack des Wakusch Nr. 2.)

Zudem erhob sich jetzt wieder ein donnernder Beifall auf Seiten der Zuschauer, der alle Worte unhörbar machte. Die kleine Flottille aus Papierargos hatte sich nämlich, von Wind und Wellenschlag angetrieben, in Bewegung gesetzt und schaukelte langsam in die mondbeschienene Bucht von Pizunda hinaus.

»Was für ein schöner Moment, nicht wahr?«, schrie mir die absolute Nebenperson der Wakuschgeschichte begeistert ins Ohr. »Ein Versuch der symbolischen Interkommunikation zwischen der erzenen Standbildwelt und der papierenen Textwelt der Medea. Ist das nicht bewegend?« Das war es sicherlich und ich nickte kräftig, um dem Mann begreiflich zu machen, daß ich vollkommen seiner Meinung war. Als der Lärm sich etwas legte, fragte ich ihn: »Warum reagiert die Medea nicht auf den ohrenbetäubenden Radau, den wir hier verursachen? Sie tut so, als ob sie uns nicht hört und auch nicht sieht und ebenso verhalten sich auch ihre Kinder. Ist das nicht ein bißchen unnatürlich? Wäre das Schauspiel nicht noch viel besser und noch unterhaltsamer, wenn die Dame uns hören und sehen und mit uns reden würde?«

»Sicherlich. Aber das geht ja nicht, denn sie lebt in ihrem standbildweltlichen Augenblick und wir befinden uns hier in der lesestofflichen Unthematizität einer Wakuschgeschichte, also in einem ganz anderen Weltbereich, der die zwischenweltliche Begegnung und den zwischenweltlichen Dialog nicht zuläßt. So jedenfalls ist das in unserem Medeaprospekt erklärt.«

Ja, das waren klare Worte und damit hatte man sich wohl abzufinden. An eine engere Kontaktnahme mit den Personen in ihrem standbildweltlichen Augenblick war also nicht zu denken. Aber dem Betrachten wenigstens, schienen keine Grenzen gesetzt zu sein und so erbat ich mir von meinem Gesprächspartner das Fernglas, mit dem er, während wir noch sprachen, mehrmals in den Standbildweltmoment hineingespäht hatte. (Dasselbe taten übrigens auch sehr viele andere in der Zuschauermenge, die sich an diesem Moment offenbar nicht satt sehen konnten). Das Glas rückte mir die Papierargos ganz dicht vor die Augen und ich bemerkte, wie einzelne Schiffchen, von dem Wellenschlag schon ganz durchnäßt, nahe daran waren, zu kentern und unterzugehen.

»Jetzt dauert es nicht mehr lange, bis die Flotte versinkt«, sagte mein neuer buchpersönlicher Bekannte neben mir. »Dann ist auch die ganze Vorführung zu Ende. Die Medea gleitet mit den Kindern auf ihren Sockel zurück und alle erstarren wieder in ihren standbildwelturprünglichen Posen. Ja, dann ist Schluß bis morgen um dieselbe Zeit.«

»Wir wollen mal sehen!«, bemerkte ich, ohne die Argos aus dem

Feldstecher zu lassen. »Vielleicht dauert die Vorstellung diesmal ein wenig länger als sonst.«

Mir war nämlich der Gedanke gekommen, meine künstlichen Leserkräfte für die Verlängerung des Schauspiels einzusetzen, die Papierargos also länger als gewöhnlich auf den Wellen zu halten. Meine Kräfte sind zwar nur die eines künstlichen Lesers, aber ich traute mir schon zu, die Schiffchen mindestens fünf oder vielleicht sogar zehn Minuten länger über die Bucht von Pizunda segeln zu lassen, als sie das sonst taten. Ich fixierte also den Pulk der Argos mit dem Fernglas mit all meiner Einbildungskraft über mehrere Augenblicke und murmelte dabei leise: »Ihr bleibt mir trocken auf dem Wasser, trocken auf dem Wasser, trocken, trocken ...!« Und ich hatte Erfolg. Das kleine Argogeschwader hielt sich, obwohl es schon längst hätte versinken müssen, wacker weiter auf den Wellen und einen Moment lang sah es wirklich so aus, als fahre es schnurstracks nach Korinth.

Die Fahrtverlängerung wurde übrigens auch von den Zuschauern zwar beifällig, doch auch sehr verwundert, aufgenommen. Man verglich die Uhrzeit, schüttelte den Kopf und Rufe wie »Die Schiffchen schwimmen ja heute viel länger als gewöhnlich. Wie kommt das? Man könnte ja fast meinen, die Argos seien nicht aus Buchblättern, sondern aus Holzbrettern gefügt. Wie kann sich Papier so lange auf den Wellen halten?«, wurden überall laut. »Und die Medea!«, schrien andere. »Seht doch nur! Die hat es auch gemerkt und ist ganz aus dem Häuschen. Sie weist immer wieder auf ihre kleine Flotte in der See und rennt mit den Kindern am Strand nebenher. Hat man sie hier jemals schon so aufgeregt, so ganz und gar nicht standbildlich, gesehen? Das muß man photographieren!«

Und wirklich zuckten an verschiedenen Stellen in der Menge auch gleich Blitzlichter auf, die von Kameras stammten, mit denen versucht wurde, die den Strand entlang laufende Medea festzuhalten. (Wie mir mein neuer Bekannter – die absolute Hintergrundperson, mit der ich da in ein Gespräch geraten war und von der ich mir das Fernglas ausgeliehen hatte – dann versicherte, sei das Photographieren von Weltdifferentem – in diesem Fall Standbildweltlichem – ein vergebliches Bemühen: Kein Apparat und kein Objektiv seien imstande, es auf ihren Film zu bannen. Das hastighektische Knipsen in jener Situation ist – das will ich gerne glauben – also ganz umsonst.)

Ja, und dann kam leider der Moment, in dem sich meine künstlichen Leservorstellungskräfte erschöpften und die Argos-Papierflottille mit einem Schlag unterging. Auf einmal war sie von der Wasserfläche wie weggefegt, in ihrem nassen Grab spurlos verschwunden und alle meine krampfhaften Bemühungen, sie wieder von dort hervorzudenken, waren vergeblich.

Ein realer Leser hätte das Schauspiel an meiner Stelle ohne große Umstände weiter verlängern können, von seiner realen Einbildung beflügelt, wären die Argos problemlos immer weiter geschwommen und es wäre nur von ihm, von seinem realen Leserwillen, abhängig, ihrer Fahrt ein Ende zu setzen. Ich aber, der künstliche Leser der Wakuschtexte, war physisch (besonders in meiner Einbildungskraft) auf längere Sicht selbstverständlich überfordert.

Ich glaube, mein neuer Bekannter muß gleich begriffen haben, daß ich der Verursacher der ungewöhnlichen Verlängerung des standbildweltlichen Schauspiels in seinem Lesestoff gewesen bin. Denn später (wir waren noch für einen Drink in eine Hotelbar gegangen) fragte er mich immer wieder, ob ich es gewesen sei, der die Argos so lange habe schwimmen lassen und, wenn ja, wie, mit welchem Hokuspokus, ich das fertiggebracht hätte.

Natürlich bestritt ich alles (in meinen Textwelten reise ich gewöhnlich inkognito).

Er aber war von seinem Verdacht nicht abzubringen, kam immer wieder darauf zurück und resümierte seine inzwischen immer unbändiger wachsende Neugier dann noch mit der Frage: »Ehrlich, welcher Wakusch sind Sie eigentlich, der erste, zweite oder dritte?«

»Weder noch«, versicherte ich ihm darauf ganz entschieden. »Ich bin kein Wakusch!«

Ob er mir geglaubt hat, weiß ich nicht. Wahrscheinlich nicht.